KB208456

안주는 화려하게

노석미 에세이

사□계절

여럿이술

혼술

안주는 화려하게

　어쩌다 보니 이번 생은 혼자서 산 지 오래되었다. 혼밥, 혼술은 아무렇지도 않은 일상이다. 누군가와 함께 무엇을 먹는 것이 특별한 일이 되었고 특별하게 만찬을 차려서 먹는 일은 드문 일이 되었다. 간단하게 먹고 살지만 먹는 일에 대해 의미를 두고 사는 편이다. 간소하고 소박하지만 아름다운 먹이를 먹고 살고 싶다.

　가까이 숙 하고 다녀올 수 있는 밥집이나 술집이 별로 없는 외진 편에 속하는 시골에 살고 있고 꽤 오랫동안 텃밭을 일구고 있다. 직접 요리를 해서 먹고 살아야 하는 환경이다 보니 종종 친구나 지인들을 집에 초대해서 식사나 술자리를 가지며 살게 되었다. 전작 『먹이는 간소하게』(2018년 초판, 2025년 개정판을 펴냈다.)를 보고 이미 간파했겠지만 나는 요리라는 것을 어려워하지 않는 편이다. 아니, 어려운 요리를 하지 않는다는 게 맞겠다. 그저 아주 기본적인 것들을 생각하며 음식을 준비하는 편이다. 간이 적당히 맞고, 적당히 어울리는 양념으로 적당히 익히고, 적당히 어울리는 것들과 함께 먹는다, 가 전부이다.

나는 꽤 오래도록 술을 마셔온 사람이다. 뭐, 자랑으로 하는 얘기는 아니지만 그렇다고 그게 죄는 아니라고 생각한다.

종종 생각한다. 아니, 질문한다. 대체 술은 왜 마시는 걸까? 어쩌다가 술을 마신 걸까? 어쩌다 만난 너와 사랑에 빠졌다. 사랑에 빠졌다는 말은 너무 부대끼나? 어쩌다 너와 만나 그냥저냥 살게 되었다. 어쩌다 만난 너와 익숙해졌다. 어쩌다 만난 너와 정이 쌓여버렸네. 어쩌다 만난 너와 이제 헤어지기가 힘들다. 어쩌다 만난 너와… 그렇다. 술은 어쩌다 보니 곁에 가까이 있다.

편안한 친구들과 함께 그때에 맞는 적당한 안주를 준비해서 갖는 술자리는 행복의 다름 아닌 순간들이다. 술을 마시는 것에 대해 약간이라도 죄의식을 느낀다면, 약간의 노동을 들

여 함께 먹을 안주를 만드는 수고가 그 죄의식을 덜어주리라 생각하자. 나는 어쩐지 그렇게 생각하며 안주를 준비하곤 한다. 그러니까 적당한 음주는 해롭지 않다는 주장을 해대고 있는 나는 코가 빨간 술꾼까지는 아니지만(아니에요!) 술을 좋아하는 애호가라고 감히 말할 수 있겠다. 나는 깡술을 들이키는 일은 거의 없다. 대체로 술을 음식과 같이 먹는다. 음식을 더 맛나게 먹으려고 술을 마시는 것도 같다. 아무렇게나 술을 마시고 싶지 않다. 끼니가 그렇듯 술도 그렇게 마시고 싶다. 소박하지만 아름답게, 어느 하나도 의미가 없는 것이 없이. "한 잔의 술도 한 줌의 먹이와 함께 촉촉하게 먹고 휴식을 갖는다."가 내가 술과 안주를 먹는, 대하는 태도라고 할 수 있다.

전작 『먹이는 간소하게』와 대구를 이루는 책이라 감히 말할 수 있는 이 책에 '화려한'이란 수식어를 넣어 독자에게 이율배반을 느끼게 만든 것은 다분히 의도한 바이다. 몇 년 전에 출간한 『먹이는 간소하게』를 읽은 독자들에게서 받은 여러 가지 피드백 중 "'먹이는 간소하게'가 아니고 '레시피는 간소하게'네." 또는 "'먹이는 간소하게' 하려면 일단 땅이 있어야 되잖아!" 등 분노 어린 토로들이 여럿 있었다. 죄송스럽게도 이 책 『안주는 화려하게』역시, 읽고 난 뒤 "어! 뭐야? 뭐가 화려하다는 거야?" 또는 "안주는 맞는 거야?" 등, 기대와는 다른 내용에 실망을 느끼실지도 모른다는 생각에 등에 한 줄기 땀 방울이 주르륵 흐른다.

술을 한 잔 준비하고 이에 어울릴 것 같은 안주를 준비하며 오늘도 그냥저냥 잘 보냈다는 위로와 응원으로 하루를 마감한다. 혈액에 적당히 침투한 알코올의 뜨듯함을 느끼며 하루 종일 힘을 주었던 눈과 등짝, 어깨의 근육도 살짝 놓아준다. 됐어! 오늘은 이 정도면! 내일은 내일 일로!

지나친 음주는 해롭고요, 지나친 안주는… 살쪄요.

여럿이술

산마늘파스타

1 파스타 면을 알 덴테로 삶는다.
2 올리브오일을 두른 팬에 면과 적당히 자른 산마늘잎을 넣고
   소금을 뿌린 후 후다닥 볶는다. 맛있는 올리브오일과
   소금만 있으면 충분하다.

산마늘파스타는 오로지 한 가지 채소인 산마늘만으로도
충분한 맛을 낸다. 담백한 맛을 좋아한다면 다른 재료나
양념이 필요 없다. 베이지색 파스타 면과 초록색 잎이 뒤엉켜
한 접시에 담긴 모습이 화려하지 않은 색감의 음식이어도
입안에선 군침이 돈다.

가깝게 지내는 이웃과 함께 한 팜파티에 갔다. 내가 사는 곳은 팜, 그러니까 농장이 꽤 있는 농촌 지역이라서일까, 그리 멀지 않은 곳에서 가끔 이런 팜파티라는 것이 열린다. 이런 곳을 좋아해서 찾아다니는 편은 아니지만 그날은 정원과 밭을 가꾸는 데 진심인 이웃이 함께 가자 하셔 따라나섰다. 그곳은 커다란 산 전체에 산마늘을 심고 가꾸고 판매하는 산마늘 농장이었다. 그날의 팜파티는 산마늘 채취 체험, 식사 후 그곳에서 나는 각종 농산물 쇼핑이 그 코스였다. 나는 그곳에서 점심으로 먹은 산마늘파스타에 반했다. 거기에 온 대부분의 사람들은 나와 같은 마음이었는지 모두 산마늘 모종을 사느라 분주했다. 그날 산 산마늘 모종 여러 개는 집에 돌아와 정원 한 구석에 있는 커다란 편백나무 그늘 밑에 심었다. 산마늘은 그 이름처럼, 산에서 자라고 있는 것 같은 느낌을 주는 곳에 심으면 좋다는 조언에 따랐다.

산마늘의 잎은 다른 작물이 아직 많지 않은 이른 봄에 일찍 서둘러 솟아 나온다. 마늘 맛이라 산마늘이라고 하지만 마늘과는 다르다. 초록색 잎을 먹는다는 점에서 그렇다. 보기에 질겨 보이는 잎사귀가 생각보다 연하고 부드러운 식감이어서 뜻밖의 만족을 준다. 이 산마늘로 많이들 장아찌를 해서 먹는데 나는 산마늘잎이 나는 때에 주로 파스타에 넣어 먹는다. 장아찌를 해 먹을 만큼 많은 양의 산마늘이 내 정원에 없기 때문이다(장아찌라는 것은 원래 넘칠 때 보관해서 두고두고 먹으리라 만드는 음식이 아니던가).

별이 좋은 어느 봄날, 두세 명의 친구들이 놀러 왔고, 마침 정원 한구석에는 먹기 좋게 자라난 산마늘이 잎을 벌리고 있다. 나는 신나서 얘기한다. "너희들, 정말 운이 좋은 날이다!" 나의 정원에 난 산마늘로 만들어 먹는 파스타는 기껏해야 이른 봄에 두어 차례 정도밖에 해 먹을 수 없다(이제 심은 지 여러 해가 되었는데도 산마늘은 생각보다 쉽게 번식을 하지 않는 식물이라 아직도 양껏 산마늘을 먹지 못하고 있다).

산마늘파스타와 함께 부드럽고 담백한 빵이나 맛난 올리브절임이 있다면 곁들여 스파클링와인과 함께 마신다.

아까시꽃튀김

1 따 온 아까시꽃을 물에 씻어 물기를 뺀다.
2 튀김가루와 찬물(얼음)을 섞어 묽은 튀김옷을 만들어놓는다.
3 아까시꽃에 튀김옷을 입혀 튀긴다.

5월이다. 창을 열면 향기가 솔솔 난다. 산야의 많은 식물들이 꽃을 피우는 시절이다. 그중에서 무엇보다 강렬한 향기를 뿜어내는 것은 아까시나무라 할 수 있다. 내가 주로 다니는 산책길인 둑길에 아까시나무가 가지가 휠 정도로 수많은 꽃송이들을 달고 있다. 아… 진짜! 너무 달콤하구나! 아까시꽃들은 향기뿐 아니라 작은 꽃송이들이 무더기로 달려 피어난 그 생김이 충만함을 느끼게 한다.

'이걸 먹는단 말이지? 흠흠!?'

친구들 몇몇을 초대하는 정원봄파티를 준비하면서 '좋았어! 이번엔 특별한 것을 준비하겠어!' 하는 마음으로 문을 열고 산책길을 나선다. 일전에 봐두었던 아까시나무가 있는 곳까지 흥겨운 발걸음으로 향한다. 역시 많이 달려 있군. 적당한 크기의 아까시꽃을 딴다. 적당한 크기라 함은 튀김을 해서 먹기에 좋은 크기를 말하는 것이다. 나는 오늘의 파티를 위해 아까시꽃튀김을 하여 놀러 온 도시 친구들에게서 신기해하는 반응을 들을 준비를 하고 있는 것이다. 대부분의 친구들은 어김없이 아까시꽃튀김을 보고 말한다.

"와! 이게 뭐야?"

"와! 이게 아까시야?"

"와! 이거 진짜 먹을 수 있는 거구나!"

"와! 말만 들어봤지 처음 봐!"

안타깝게도 아까시꽃은 튀김옷을 입혀 튀기면 그 향기는 거의 사라진다. 맛을 알고 먹지 않으면 그냥 튀김옷의 맛이다. 어쩌면 그 특유의 향기가 사라져 부담 없이 먹을 수 있는 건지도 모르겠다. 아까시꽃을 딸 때 잎도 여러 개 준비하여 어린 시절 혼자서 몰래 하던 잎 따기 게임을 해본다.

'좋아한다. 안 한다. 좋아한다. 안 한다….'

한다

안 한다

한다

안 한다

한다

매실 매시트포테이토

1 감자를 푹 익힌 뒤 으깨 준다.
2 으깬 감자에 다진 매실장아찌와 마요네즈를 넣고 섞는다.

딜페스토 감자

1 감자를 익혀 적당한 크기로 자른다.
2 딜페스토를 올려 먹는다.

햇감자가 나는 철엔 감자 요리를 자주 해 먹는다. 그중에서 가장 쉽기도 하고 술안주로 먹기에도 적당한 요리는 익힌 감자에 딜페스토를 올려 먹는 것. 매시트포테이토 역시 손쉽게 만들 수 있다. 매실장아찌는 내가 좋아해서 넣는 재료가 되었지만 오이, 달걀, 딜, 파슬리 등 좋아하는 것들을 더 다져 넣어도 된다. 주로 샌드위치에 넣어 먹지만 간을 슴슴하게 해서 그냥 먹는 것도 좋아한다. 이들은 다른 주 안주와도 잘 어울려 손님을 초대했을 때 자주 만든다.

"고구마는 움직이는 걸 싫어하고, 감자는 시원한 걸 좋아한다."

텃밭농을 한 지 꽤 되다 보니 길러 먹는 채소류의 속성을 어느 정도 이해하게 되었다. 가끔 나는 여러 채소를 혼자 가깝게 여겨 의인화해서, 심하게는 대화까지 하는 지경에 이르렀다. 그래서 얘네들을 주인공으로 그림책도 만들었다(나의 그림책 중 『굿모닝 해님』에 등장하는 채소는 모두 눈코입이 있고 아침마다 굿모닝을 외치고 있다).

'움직이는 것을 싫어하시지요? 고구마님, 네네, 절대로 이사할 만한 곳이 아닌 곳에 처음부터 놔드릴게요.'

고구마 수확 후 정리된 고구마를 박스에 넣으며 이 박스를 놓아둘 장소를 정할 때 속으로 고구마님들에게 전하는 말씀이다. 겨우내 가끔 하나씩 둘씩 꺼내 구워 먹으려는 속셈이니 난로 옆자리 당첨이다.

'감자님들, 서로 붙어 있는 거 싫으시다고요? 아… 네네, 알겠습니다. 시원한 곳으로 뫼시겠습니다.'

감자는 종이박스에 담아 뚜껑을 닫고 빛이 잘 닿지 않는 서늘한 창고 한구석에 보관한다. 그래도 어느 정도 시간이 흐르면 싹이 나겠지만 싹이 나기 전에 부지런히 먹는다. 먹고 남은 애들은 가을 겨울을 지나면서 먹지 못할 정도로 쭈글해지면서 싹이 돋아나는데, 이듬해 봄에 다시 적당히 잘라 흙으로 돌려보내주면 오! 다시 새 감자가 되어 돌아온다. 참으로 고마운 작물이 아닐 수 없다. 이 자연의 사이클을 보는 일은 내게 많은 공부가 된다. 그들은 먹이도 주고 공부도 가르쳐준다.

'감자님, 고구마님, 제가 정말 좋아하는 거 아시죠?'

좀 이상하게 들릴 수도 있는데 나는 잎채소를 생으로 잘 먹지 않는 편이다. 내가 어디 가서 이 이야기를 하면 "그럼 샐러드를 안 먹는다는 거야?" 하며 다들 놀라워한다. 음. 그렇다. 나는 샐러드를 잘 먹지 않는다. 음식점에서 나오는 일반적인 샐러드는 대체로 적당히 자른, 익히지 않은 잎채소가 주이기 때문에 일부러 주문해서 먹는 일이 거의 없다. 그러다 보니 생각보다 채소를 많이 먹지 않는 것처럼 보여, 고기도 생선도 잘 안 먹으니 그럼 대체 무엇을 먹고 사느냐는 이야기를 종종 듣기도 한다. 그러고 보니 그러네. 대체 나는 무엇을 먹고 살고 있는 걸까? 아⋯ 나는 덩어리들, 그러니까 어떤 묵직한 형태를 지닌 채소들을 주로 먹고 산다는 것을 깨닫게 되었다. 감자, 고구마, 연근, 당근, 무, 토마토, 오이 등등 이런 덩어리 형태의 채소들을 주로 먹고 살고 있다. 그렇다고 잎사귀로 된 채소들을 안 먹는 것은 아니다. 생으로 잘 먹지 않을 뿐이다. 예를 들면 익힌 나물 반찬은 없어서 못 먹는다.

오래전에 체질을 알려준다는 한의원에 한 친구와 함께 간 적이 있는데 한의사 선생님이 알려주신 나의 체질엔 생잎은 좋지 않다는 거다. 어머! 전 이미 생잎을 잘 먹지 않고 있었다고 하니 한의사 선생님 왈, "스스로 알아서 이미 몸을 잘 챙기고 계시는군요."라는 얘기를 듣게 되었다. 좀 놀랐다. 이미 몸은 알고 있었다니! 이후론 내 몸의 신호를 더 믿게 되었다. 음⋯ 그리고 편식이 반드시 나쁜 것만은 아니라는 생각을 하게 되었다고나 할까. 나는 세상에 존재하는 모든 음식을 가리지 않고 다 잘 먹는 것이 좋다는 생각에 불편감을 느끼는 사람이다. 세상에 먹을거리는 충분히 넘친다. 모든 것을 다 먹고

살지 않아도 된다고 생각한다.

정원에 매실나무 한 그루가 있다. 6월이 되면 매실나무에 매실이 열리기 시작한다. 좀 참을성 있게 푸른색 매실이 노랗게 될 때까지 기다린다. 장마가 오기 직전 드디어 향기로운 황매실이 내 바구니에 들어오는 날이 온다. 잘 익은 황매실로 나는 매실장아찌를 만든다. 매실액, 매실주 등은 이미 만들어놓은 것들이 많아 이제는 아낌없이 장아찌를 만들어 먹을 수 있게 되었다. 매실장아찌는 그냥 집어 먹어도 맛과 식감이 좋지만 감자샐러드, 또는 샌드위치 등을 만들 때 소중하게 쓰인다.

매실장아찌
1 매실 과육을 씨를 빼고 적당히 잘라낸다.
2 유리병에 매실 과육과 설탕을 켜켜이 담아 숙성시킨다.

딜이라는 채소를 알기 전엔 바질페스토를 위해 바질을 열심히 길러댔다. 그렇지만 이젠 딜을 기르는 데 더 열성을 들이게 되었다. 양평의 한 작가가 준 딜씨를 심어본 뒤, 아니! 이렇게 잘 자라고 어여쁜 채소가 다 있다니! 딜은 다른 허브류와 마찬가지로 벌레를 잘 타지 않아 생각보다 기르기가 어렵지 않다. 딜의 향은 바질과는 또 다른데 개인적으로 나는 딜의 향이 더 좋다. 7월이 되면 정원 한편에 심어놓은 딜이 잡초들 사이에서도 무사히 키가 커진다. 부드러움을 가진 초록색들이 하늘하늘거릴 때 수확의 기쁨을 맞는다.

딜페스토
1 믹서에 딜과 올리브오일을 넣고 간다.
2 소독된 유리병에 넣고 먹는다.

양배추롤

1 양배추잎을 찐다.

2 고기, 양파, 버섯, 두부 등을 다져 소금, 후추로 간을 한
  속재료를 만든다.

3 데쳐낸 양배추잎에 2를 넣고 롤을 만다.

4 토마토소스와 물을 넣은 냄비에 만들어놓은 양배추롤을
  넣고 속재료가 익을 때까지 조린다.

양배추를 좋아한다. 직접 길러서 먹고 싶을 만큼 양배추를 좋아하지만 길러 먹기엔 사실 가성비가 안 좋은 채소이긴 하다. 양배추는 크기 대비 꽤 싼 편인 채소여서 사 먹는 게 훨씬 낫다. 나 같은 텃밭 농부가 몇 달을 애달프게 길러봤자 모종 네 개를 심어 하나 수확해서 먹는 정도이기 때문이다. 하지만 낙천주의자(로 살고픈)인 나는 대체 이게 얼마나 맛있으면 벌레들이 다 먹겠냐며 하나라도 내게 남겨준 것에 감사하며 맛난 양배추를 귀히 여겨 심고 기르고 수확한다.

양배추로 해 먹는 것은 그다지 다양하진 못하다.『먹이는 간소하게』에도 나와 있는 독일식 양배추절임인 사우어크라우트, 그리고 그냥 쪄서 된장이나 갈치속젓 등에 찍어 먹기 정도인데 이렇게 소박하게 먹는 것 말고 유일하게 조금 화려하게 먹고자 할 때 만드는 것이 양배추롤이다. 손님이 두어 명 정도 온다고 하고 좀 따뜻한 술안주가 필요하다 싶을 때 만든다.

마김말이

1 마를 껍질을 깎고 적당한 크기로 썰어놓는다.

2 김도 적당한 크기로. 조미김도 좋다.

3 취향이 맞는다면 참기름을 첨가해서 먹어도 좋다.

마를 처음 먹어본 것은 어느 산 중턱쯤에 있는 천막으로 만들어진 허름한 간이음식점에서였다. 등산객들을 상대로 장사를 하는 곳이었는데 주 메뉴는 멸치국수였다. 이 국수가 맛이 좋아 등산은 하지 않아도 이 국수를 먹으러 이곳에 여러 번 갔다. 여기에서 음료를 팔았는데, 종이컵에 담긴 달콤한 인스턴트커피와 함께 칡즙, 마즙 등 딱 봐도 몸에 좋다는 걸 앞세운 자연산 음료라 할 수 있는 것들이었다.

마즙으로 '마'라는 작물을 처음 만난 사람이 나뿐이 아닐 거라 생각한다. 산 중턱의 한 포장마차에서 처음 먹게 된 마즙이라는 것은 하얀 밀크셰이크를 닮은 색감과 달리, 한 모금 마셨을 때 만난 미끄덩한 식감이 견딜 수 없이 너무 찝찝했다. 한 입 먹고 바로 어린아이처럼 얼굴을 찡그리며 더 이상 먹고 싶지 않다는 표정을 하니, 이 마즙을 권한 이가 건강에 좋으려니 하고 얼른 눈 딱 감고 마시라는 손짓을 하여 어쩔 수 없이 잔을 비웠던 기억이 있다.

'아… 다시는 먹고 싶지 않아.'

이후 나는 마라는 작물을 잊고 살았다. 관심을 끊으니 시장에 가도 보이지 않았다. 그러다가 어느 날 한 지인의 집에 초대되어 간 술자리에서 이 마를 오랜만에 만나게 되었다. 지인은 술안주로 마를 어여쁜 크기로 썰어 김에 싸놓았다. 처음엔 이 낯선 안주는 무엇이냐 물었다. 마를 김에 말아놓은 거라는 설명을 듣고 "아! 마! …라고? 음…" 그쪽으로는 쳐다보지도 않았다. 그러자 지인은 한번 먹어보라고 권했다. 마를 별로 좋아하지 않는다고 말했더니 그녀는 이해한다며 그래도 김에 싼 마는 먹을 만하다며 재차 권했다. 그날 이후 나는 마를 잘 먹는 사람이 되었다(좋은 경험은 안 좋은 경험을 덮는다!). 이제 시장에서 신선한 마를 발견하면 서슴지 않고 구입한다. 혼자서도 호기롭게 먹지만 술친구가 온다고 하면 간단한 안주로 이 마김말이를 준비한다. 예전의 나와 같이 마에 대해 좋은 이미지가 없는 친구들을 마의 세계로 이끈다.

핑거푸드들

1 말린 과일, 제철 과일, 살라미, 올리브, 각종 치즈,
   견과류, 김부각, 과자류 등 몇 가지 간단하게 집어 먹을 수
   있는 것들을 다양한 그릇에 플레이팅해서 먹는다.

채소, 과일, 고기, 유제품, 견과류 등을 적당히 말리고 절이고 숙성시켜 놓아 젓가락이나 포크 등을 사용하지 않고도 손가락으로 집어 먹을 수 있는 그런 간단한 안주들 중 몇 개는 항상 냉장고 또는 냉동고에 있어야 한다. 시간과 정성을 들여 조리를 하고 싶지 않지만 안주는 필요한, 가끔 있는 귀찮은 날들을 위해서다. 간단한 핑거푸드랄 수 있는 이 녀석들에 어울리는 다양한 용기들을 꺼내 플레이팅에 신경을 쓴다. 다듬고 썰고 불을 써서 볶고 굽는 등 요리라는 지난한 과정을 거치지 않았더라도 어울리는 용기에 모양을 내서 담는 것도 요리의 한 과정이다. 어떤 식으로든 정성이 깃들면 그렇지 않은 것과는 큰 차이가 나는 법이다.

　요리도 창작이고 예술이라면 플레이팅은 그 마지막 터치이다. 그때그때 다양하고 아름다운 플레이팅을 하려면 가진 도구가 많을수록 유리한 것은 어쩔 수 없는 일. 요리는 간단히 하는 것을 좋아하지만 플레이팅을 하기 위한 도구의 활용은 다양한 것을 좋아하다 보니, 주방의 싱크대 선반이 내려앉을 위기에 처했다. 오랜 세월 다양한 주방 도구들을 모아왔기 때문인데 특히 식기, 그러니까 그릇, 컵류가 가장 많다. 특별히 좋아하는 것은 도자기류인데 너무 크거나 화려한 것보다는 작은 크기에 담백하게 생긴 것들을 좋아한다. 그릇은 본디 음식을 담는 용기이거나 음식 받침이다. 그릇이 주인공이 아니고 음식이 돋보이는 그릇이 좋다. 그리고 어떤 특정한 브랜드의 식기 세트로 차려진 식탁을 별로 선호하지 않는 편이다. 음식과 합이 맞는 그릇을 애써 선택해서 조화롭게 구성한 정성이 깃든 식탁이 좋다.

나의 부엌에는 나무 도마도 여러 개가 있다. 이것들은 시중에서 구입한 것들이 아니고 오래전에 집 공사 때 알게 된 한 목수가 만들어준 것들이다. 이 목수는 나무 사랑이 지극했는데, 나무에 대해 잘 알지 못하는 내게 나무의 종류, 쓰임새, 자신은 특히 어떤 나무를 좋아한다는 둥의 얘기들을 늘어놓곤 해서 참 특별한 사람이구나, 했던 적이 있다. 작업실 내부에 장을 여러 개 짜는데 이 목수가 일을 잘해주었다.

공사가 끝날 무렵 그는 도마 몇 개를 만들었다며 가지고 왔다. "이게 도마예요?" 내가 보기엔 그냥 나무를 적당한 크기로 잘라놓은 투박한 모양의 두툼한 나무판이었다. "네. 요리를 좋아하시는 거 같기에 자투리 나무로 몇 개 만들었네요." 하시며 선물이라고 했다. '흠. 이게 도마로군.' 처음엔 이걸 어찌 쓸까 했었지만 이후 10년이 넘도록 이 몇 개의 나무토막을 플레이팅 도마로 잘 쓰고 있다. 그의 말대로 이 나무들은 시간이 흘러도 단단하고 흠집이 거의 나지 않으며 변함이 없는 채로 식재료를 썰거나 다듬는 용도로, 또는 소박하고 자연친화적인 음식 플레이팅에 큰 역할을 해주고 있다.

음식을 아름답게 보이거나 먹음직스럽게 보이기 위해 하는 것이 플레이팅일 텐데, 여러 음식을 플레이팅할 때 주로 쓰는 도자기류에 이런 나무판 하나가 턱 하고 놓이면 분위기가 달라진다. 나무로 만들어진 그릇들은 어쩐지 더 투박하게 느껴지지만 이런 도마들은 그릇과 바닥 사이 어딘가의 느낌을 줘서일까. 테이블 위에 놓으면 투박하다기보다는 부담스럽지 않고 자연스럽게 테이블에 붙는다. 이런 나무토막 도마에는 조리된 음식이 아니라 식재료 자체로 음식이 되는 것들을 플레이팅하는 것이 더 좋다는 것을 우리는 본능적으로 알고 있는 것 같다. 그러니까 그릇은 아닌 것이다.

제주와 양평을 오가며 지낸 지도 여러 해가 되었다. 내륙 산간이라 불릴 수 있는 양평의 한 산자락에서 지낸 지도 15년 여가 넘어간다. 몇 해 전 팬데믹 시절 바다를, 특히 물놀이를 좋아하는 나는 바다를 만나러 멀리 떠날 수 없어 잠시 제주살이를 했었다. 지내다 보니 제주 바다가 생각보다 좋아 서귀포에 작은 공간을 마련하는 결정을 내렸다. 이제 바다를 만나러 종종 제주로 간다. 오도이촌이라는 말이 있던데 나는 오양(평) 이서(귀포)의 생활을 하고 있다. 이 생활이 언제까지 지속될지는 모르겠지만 현재의 나는 만족을 하고 있고 유효한 그때까지 할 예정이다.

제주도에서 알게 된 최고의 사치라 하면 애플망고이다. 이게 과연 인간이 먹으라는 것인가, 하고 탄식을 할 만큼 높은 몸값이지만 맛있긴 하다. 망고가 나오는 철에 오일장에 가면 작고 못생긴 아이들을 그나마 조금 싼 가격에 사서 먹을 수 있다. 그렇다고 이 작은 아이들이 맛이 없는가 하면 그렇지 않다. 맛이 좋다. 나는 이 기회를 절대 놓치지 않으려 노력한다.

사실 커다랗고 흠집 하나 없는, 상품으로 만들어진 망고는 가격이 부담스러워 내가 먹자고 사게 되지 않는다. 몸값이 비싼 제주산 애플망고를 대신해 동남아에서 온 건망고를 마트에서 만나면 반갑다. 생애플망고를 먹을 수 없음을 이 건망고로 달랜다. 말린 과육이 말랑 쫀득하며 새콤달콤한 데다 망고 특유의 향이 어디 가지 않고 살아 있다. "이거! 너무하네! 너무 맛있잖아!"를 연발하며 집어 먹게 된다. 건망고 역시 가격이 싸지는 않지만 생과일에 비할 바는 아니다. 가격보다는 높은 당도 때문에 구입을 망설이게 된다. 말린 과일이다 보니 그 응축된 맛에 감동하지만 아⋯ 이거 당도가 어마하게 응축되었을 거란 생각에 잠시 주춤하게 된다. 하지만 걱정은 금방 사라지는 것이, 건망고 한 봉지를 열면 애걔? 생각보다 너무 적은 양이 들어 있다.

열대과일에 속하는 파파야 역시 망고만큼 내가 좋아하는 과일이다. 예전에는 우리나라에서 사 먹을 수 없었는데 이제는 종종 마트에 나와 있다. 더운 나라에서 사 먹은 커다란 파파야는 아니지만 작아도 파파야 특유의 향기와 식감이 있다. 마트에서 과일이라고 하기엔 못생긴 이 녀석을 발견하면 오호! 반가워하며 구입한다. 그리고 역시 생파파야보다 말린 파파야를 더 쉽게 만날 수 있으니 이것으로라도 아쉬움을 달랜다. 말린 과일은 치즈만큼 좋아하는 술안주이다.

프라이드치킨과 파프리카

1 프라이드치킨은 직접 튀겨도 되지만 구입한다.
2 치킨을 살 때 받은 무절임과 함께
   파프리카를 잘라서 먹는다.

내가 이렇게 요리 같지 않은 요리지만 늘 요리를 하고 사는 사람으로 살게 된 것은 환경 때문이다. 어쩌다 보니 식당이 많지 않은 곳, 배달 음식은 꿈도 꾸지 못하는 내륙 산간 시골 마을에 터를 잡은 건 이런 미래를 예측해서는 절대 아니다. 나도 가끔은 배달 음식으로 때우고 싶고, 포장해서 먹는 각종 다양하게 짜고 단 음식이 그립다.

보통의 날들, 나는 장화를 신고 텃밭으로 난 부엌문을 열고 나가 먹을거리를 찾는다. 텃밭을 가꾸는 노동을 하며 많은 부분, 식재료를 자연에 의지하며 살고 있다. 그렇지만 냉장고에 별 먹을거리도 없고 텃밭에도 뭔가 수확해서 먹을 만한 게 변변치 않은 날들도 있다. 하필 그런 날 손님이 오기로 되어 있다. 바쁘기도 하고 영 요리가 하고 싶지도 않다. 어쩔 수 없다. 가게가 몇 개 없지만 면내로 자동차를 끌고 나간다.

면내에는 프랜차이즈 치킨집이 하나 있는데 우리 마을 사람들은 모두 이 집 치킨을 먹는다. 다른 곳은 몰라도 이 집만은 장사가 잘된다. 그런데 얼마 전에 작은 호프집이 새로 생겼는데 여기서 옛날 스타일의 치킨을 팔기 시작했다. 작은 닭 한 마리를 통으로 튀긴 프라이드치킨이다. 이 치킨은 이 호프집의 인기 안주로 등극했는데 상당히 맛이 좋다. 나는 치킨을 그다지 좋아하지 않지만 굳이 먹는다면, 그냥 기름에 바싹하게

튀긴 프라이드치킨파이다. 요즘 온갖 화려한 양념을 입힌 어렵고 다양한 이름의 치킨들이 많이 나오지만 그 맛이 궁금하여 찾아 먹게 되지 않는다.

　이 호프집의 사장님은 같은 배드민턴 클럽의 회원이셔서, 가면 인사를 나눈다(나는 나름 꽤 오래 마을 배드민턴 클럽에 다녔다. 이 얘기는 『매우 초록』이라는 책에 썼다). 가끔 배드민턴을 치고 난 후 회원들과 어울려 이 호프집에서 맥주와 안주로 이 치킨을 먹곤 했다. 치킨 한 마리가 크기는 작지만 그만큼 가격이 착하다. 정말 가성비가 좋은 집이라 이 집에서 술을 마시고 나면 입구 계산대에서 "아, 내가 낼게." "아니야, 내가 낼게. 하하하!" 이런 소란이 흔하게 빚어진다. 이 집은 술집이지만 일찍 문을 열기 때문에 점심때부터 이 집 치킨을 사다가 먹을 수 있다. 나는 왕왕 치킨만 사러 가는데 누런색 봉투에 소금과 함께 담아주신다. 이 봉투가 좋아 굳이 접시에 옮겨 담지 않고 봉투째 벌려놓고 먹곤 한다.

　어떤 오후, 급작스레 오기로 한 손님에게 대접할 요량으로 치킨 한 마리를 산다. 그리고 치킨과 곁들여 먹을 주황색 파프리카도 통으로 준비한다. 채소를 생으로 먹는 것을 그다지 좋아하지 않는 데 반해 파프리카만큼은 마치 과일처럼 생으로 잘라 먹는 것을 좋아한다. 특히 주황색 파프리카를 좋아한다. 채도가 높은 주황색을 볼 때마다 이것은 진정 자연에서 온 것일까? 너무 예쁜 색이라는 생각을 한다. 형태도 사랑스럽다. 여느 과일보다 맛나다고 느낄 때도 있다. 아삭한 식감 때문에라도 식탁에 신선한 어떤 것이 필요하다고 느낄 때, 나는 파프리카를 떠올린다. 그래서 자주 구입하는 채소 중 하나이다. 프라이드치킨, 생파프리카, 무절임. 이들은 손님과 함께 낮술로 가볍게 마실 맥주 안주들이다.

"어머, 이게 뭐예요?"

"오늘은 간단하게 준비해봤어요. 요즘 제가 좀 바쁜 관계로 이해해주세요."

"흐흐흐."

"괜찮죠?"

"그럼요, 별거 아닌데 왜 예쁘죠? 왠지 먹기 아깝기도 하네요."

면내 배드민턴 클럽에 나가 운동을 꽤 오랫동안 했다. (글을 쓰고 있는 지금은 배드민턴을 안 하고 아니, 못 하고 있다. 언젠가 배드민턴을 치다가 왼쪽 무릎 부상을 입었는데 이후로는 배드민턴을 못 치는 사람이 되었다. 다친 무릎은 괜찮아진 것도 같지만 재발의 위험성이 있다고 의사는 더 이상 배드민턴, 등산, 달리기 등 무릎에 하중이 많이 가는 운동을 자제할 것을 권유했다. 이런 날을 맞이하는 여러 선배 분들을 봐왔는데 나도 그런 사람이 될 줄이야. 그것도 매우 빠르게 말이다.) 대부분의 회원들은 하루의 일과가 끝나는 시간인 저녁 7시에서 9시 전후까지 모여서 함께 배드민턴을 친다. 운동이 끝난 후 각자 자신의 집으로 가서 쉬지만 아주 가끔 회식을 하는데, 체육관 한편에 신문지를 깔고 음식을 시켜서 먹거나 멀지 않은 면내 호프집에서 치킨을 안주로 맥주를 마시기도 한다.

그날도 운동을 마치고 호프집에 가서 맥주를 마시기로 했다. 비가 추적추적 내리는 여름날이었다. 호프집에서 맥주를 마시고 나와 집에 가기 아쉬운 사람들은 몇 걸음만 가면 되는 편의점으로 2차를 갔다. 작은 마을에 살다 보니 모든 것이 편리할 때도 있다. 편의점도 한 개, 호프집도 한 개, 마트도 한 개, 우체국도 한 개, 은행도 한 개. 선택의 고민 같은 거 없는 편리한 마을이라고 할 수 있겠다.

편의점 앞에 파라솔을 품은 테이블에 네다섯 명이 모여 앉아 캔맥주를 마셨다. 안주가 필요하지 않느냐며 몇몇은 안주를 고르러 편의점 안으로 들어갔다.

"우리 마을에 포(장마)차가 생기면 참 좋을 텐데."

"그러게요. 밤이면 뭐 먹으러 갈 데가 있어야죠. 생기면 아주 잘될 텐데요."

"포차가 없는 건 아니죠. 저쪽에 하나 있잖아요. 근데 주인 아주머니가 열고 싶을 때만 열어서 당최 언제 여는지 알 수가 없다는 게 문제죠."

"에잉. 그 집은 게다가 맛도 없어!"

"사실 우리 면에 음식점이 없는 건 아닌데 죄다 망해서 나가니."

"그게 좀 맛있게 하고 친절하게 하면 장사는 잘될 텐데… 가게를 차리고 3년은 버려야 되는데 그걸 못 하니… 쩝."

"저기 있는 곱창집은 그래도 맛도 좋고 장사도 꽤 잘되는데 문제는 문을 너무 일찍 닫아."

나는 이런 작은 마을에 사는 게 좋다. 여러 가지 면에서 삶의 질이 높다고 생각한다. 하지만 정말 가끔 아쉬운 게 있다면 바로 심야식당(술집)이다. 누가 우리 마을에 들어와 작고 귀엽고 맛있고 행복해 보이는 심야식당을 차리면 단골이 될 텐데

말이다. 매일 문을 열지 않아도 된다. 일주일에 이틀만 여는 그런 곳이 있으면 좋겠다며 상상을 해보는데 한 아저씨 회원 분이 내게 말했다.

"미쓰노(노 씨인 나를 호칭함)가 하나 차릴래?"

"흐흐… 그럴까요?"

갑자기 모두 나를 쳐다봐서, 농담을 진담으로 받아들이는 분위기로 가는 거 같아 순간 당황했다. 그중 한 아저씨 회원이 심각한 표정을 지으며 말했다.

"에이, 할아버지들이 들끓어. 그만둬."

"네? 할아버지요?"

"그럼. 혼자 사는 여자가 술집 하면 이런 시골에서는 할아버지들이 들끓는다고."

갑자기 현실로 팽 하고 돌아왔다.

저는 아무래도 안 될 거 같고, 혹시 저의 마을로 이주하셔서 일주일에 이틀만 심야식당(술집)을 하실 분이 계시다면, 제가 잘해드릴게요!

가지절임

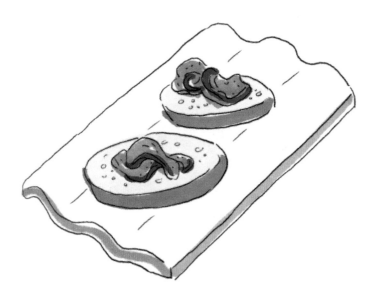

1   가지는 적당한 크기로 잘라 소금을 뿌려 절인 뒤
    물기를 뺀다.

2   발사믹 식초, 물, 설탕을 넣고 끓인 물에 가지를 넣고
    살짝 데친다.

3   소독한 병에 데쳐서 물기를 꽉 짠 가지, 통후추,
    월계수잎, 바질, 붉은 고추 등을 넣고 올리브오일을 부어
    숙성시킨 뒤 먹는다.

늦여름 어느 날 한 지인이 이탈리아식이라며 직접 만들어다 준 가지절임이 너무 맛이 좋아서 마침 내게도 텃밭에서 더 이상은 못 살겠다며 못생겨져 가는 가지들이 있기에 철 재료들로 만들어보았다. 지인이 알려준 레시피에 이것저것 인터넷에서 찾아본 레시피들을 섞어 나의 환경에 맞는 레시피로 정리했다. 늙어가는 가지를 해결하고자 시작했으나… 휴, 보통 일이 아니로구먼. 손질해야 할 것들이 많다. 그렇지만 맛이 생각보다 괜찮고 꽤 오래 두고 먹을 수 있어 공들인 것이 하나도 아깝지 않았다.

이 가지절임은 마치 올리브절임처럼 먹으면 되는데 다양한 고기 요리와도 어울리겠고, 샌드위치에 넣어 먹거나 파스타와 함께 먹어도 좋다. 나는 주로 바게트 같은 종류의 빵 위에 올려 먹는다. 술손님이 와서 대접할 때는 항상 강조한다. "이것은 이탈리아식으로… 진정 슬로푸드로서 여러 절차를 거쳐 만든 것으로… 어쩌고저쩌고… 흐흐, 그러니까 보기에는 조금 이상해도 오래도록 손이 가서 만든 절임음식입니다." 라고.

'가지' 하면 떠오르는 옛 친구가 있다. 중학교 때 단짝이었던 친구인데 커다란 눈에 주근깨가 많은 얼굴이었다. 나는 그녀의 주근깨를 보며 그 시절 우리의 대표 소녀 '캔디'를 떠올리곤 했고, 그녀를 놀리기도 했지만 전혀 그 주근깨가 미워 보이지 않았다. 하지만 그 친구는 나름 고민이었던 모양이다. 언젠가 풀 죽은 목소리로, 묻지도 않았는데 고백하듯 내게 이렇게 말했다.

"있잖아. 내가 왜 주근깨가 많은 줄 알아?"

"엉?"

"사실 어렸을 때 내가 가지를 좋아해서 너무 많이 먹었더니 이렇게 된 거 같아."

"에이… 설마."

나는 말도 안 되는 소리라고 손사래를 쳤지만 그 친구는 자신의 주근깨의 원인이 가지라고 굳게 믿고 있었다. 그 친구의 믿음이 너무 확고했던 고로 언젠가 나는 다른 이에게 가지와 주근깨가 혹시나 상관관계가 있는지 진지하게 물어 비웃음을 사기도 했다.

나는 아직도 주근깨와 가지의 관계에 대한 의혹을 완전히 거두지 못하고 이렇게 떠올리곤 한다. 그 친구를 꽤나 믿고 좋아했기 때문인 듯하다. 근데 어릴 때 가지를 좋아했다니! 거

참, 이상하다. 그 흐물거리는 식감을? 나로선 30대가 훌쩍 넘어서야 겨우 가지 요리를 먹게 되었는데 말이다.

관자파슬리구이

1 관자는 칼집을 내어(관자가 크다면)
  술(집에서 인기 없는 걸로)에 담가놓는다.
2 파슬리를 적당한 크기로 썰어놓는다.
3 팬에 올리브유를 두르고 편으로 썬 마늘과 관자를 굽는다.
  소금, 후추로 간을 한다.
4 파슬리를 올린다.

오래전에 어떤 조각가의 집에 초대받아 간 적이 있었다. 우리는 음식이 차려질 거실의 테이블에 둘러앉아 있었고, 호스트인 그는 부엌과 거실을 오가며 분주했다. 그는 몇 가지 요리를 만드느라 초집중 상태였고 그의 이마에서 땀방울이 막 흐르고 있었다.

생각보다 그의 음식 준비는 꽤나 오래 걸려, 거실 테이블에 앉아 기다리던 우리가 음식은 대체 언제 나오는 거냐며 서서히 지쳐갈 때쯤 완성된 음식이 차려지기 시작했고, 그는 조금 여유를 되찾은 듯했다. 우리는 이제 먹어도 되는 거겠지, 하면서 막 젓가락을 들었다. 그때 갑자기 그가 "잠깐만!"을 외쳤다. 우리는 모두 일제히 멈춰 그를 쳐다봤는데 그는 잠깐 기다리라며 갑자기 부엌으로 뛰어 들어갔다. 그가 가지고 나온 것은 어떤 음식 위에 장식으로 놓을 초록 잎사귀 두어 개였다. 그는 그 잎사귀를 음식 위에 올려놓더니 그제야 안도의 한숨을 쉬며 이제 먹어도 좋다고 했다. 우리는 일제히 환호 같은 것을 하지 않고 그에게는 미안하지만 잠시 어이없어했다. 겉으로는 표현을 안 했지만 나를 비롯해서 모두 '이건 좀 오버야!'라고 생각했다.

그 잎사귀는 아주 빠르게 음식 위에서 내려졌고 우리는 잎사귀를 모른 체하며 음식을 먹었다. 하지만 그 작은 초록색 장식품을 잊을 수는 없었다. 나는 이후에도 종종 그날의 일을 떠올린다. 그날의 음식과 작은 파티를 주관한 집주인으로서의, 요리사로서의 그의 태도에 대해 생각해보게 되었다. 그가 나와 비슷한 부류의 인간이란 생각에, 역지사지해보게 되었던 것이다.

그는 아마도 직업이 미술가여서 좀 더 완성된 아름다움을 우리에게 선사하고 싶었을 것이다. 그러니까 형식미를 추구하는 탐미적 인간이다. 형편이 되는 대로 사는 사람도 있지만 절대 그렇게 못 사는 사람도 있다. 스스로 끊임없이 형식과 규칙을 만든다. 심지어는 금기와 터부도 만든다. 그래서 누군가에게는 불편을 주기도 하는, 내 주변에 나를 비롯해서 이런 부류가 꽤 있다. 그보다는 심각하진 않다고 생각하지만, 나 역시 주변 친구들에게 꽤나 불편을 주는 인간임을 알고 있다. 파슬리 초록 조각을 마지막으로 장식하며 형식미를 생각하는 나는 오래전 그 조각가의 식탁에 있었던 두어 개의 초록색 잎사귀를 떠올린다.

요리다운 요리를 한다고 말할 수는 없지만 내게도 요리 철칙이 있기는 하다. 이것 역시 까다로운 나의 성질머리 중 하나이긴 하다. 나는 요리를 할 때 다른 이의 도움을 받지 않는다.

편견이라고 해도 어쩔 수 없지만 한 요리를 다른 취향이나 기호를 지닌 자들과 함께 하면, 생각했던 바대로 요리가 나오지 않는다. 요리는 머릿속에 어떤 결과를 두고 시작하지만 그 과정이 또한 중요하기에 에너지가 다른 이와 함께 도모하는 것을 피하는 편이다. 마치 그림을 그리는 것과도 같다. 다른 이와 함께 그림을 그리는 이들도 있겠지만 나는 그렇게 그림을 그리지는 못한다. 그런고로 나의 부엌에선 언제나 나 혼자 요리를 한다. 친구들이 놀러 와 "뭔가 도와줄까?"라고 하지만 나는 괜찮다고 말한다. "저리 가 있어. 나의 부엌은 크지 않은 편이고 금방 끝나. 뭐, 거창한 것을 하는 것은 아니니까."라고. 그렇지만 예외도 있다. 요리를 좋아하는 친구가 와서 요리를 하겠다고 할 때면 부엌을 내어준다. 전적으로. 어디에 무엇이 있는지 가르쳐주거나 찾아다주거나 그 정도만 한다.

어머니 집에 가서는 나는 완전한 손님이 된다. 어머니 집의 부엌은 어머니 것이라고 생각한다. 어머니가 차려주는 음식들을 손에 물 한 방울 묻히지 않고 얻어먹고 오는 편이다. 다른 친구나 지인의 집에 초대받아 가서도 마찬가지이다. 어떤 친구는 이런 태도에 섭섭해하기도 한다. "야! 양파라도 좀 까라!"라고 한다거나 "이것 좀 씻어줄래?"라고 한다. 그런 정확한 요청이 있지 않는 한 남의 집 부엌을 기웃거리지 않는다.

대접받을 식탁에 앉아 즐거운 마음으로 완성된 요리를, 마치 선비처럼 기다린다. 그래서인지 다른 곳에서 나를 만나 '아마도 정말 게으른가 보다.' 또는 '정말 배려 없다.' 하고 생각하던 이가 나의 집에 초대받아 왔을 때 전적으로 혼자서 열심히 부엌을 오가며 요리를 해서 대접하는 나를 보고, "어! 뭐야! 알고 보니 다정한 사람이었잖아!"라며 적잖이 놀란다. 따지면 뭐 다정한 사람이기보다는 (그놈의) 원칙주의자여서이다. 그렇지만 '알고 보니 다정한 사람'이라는 반응은 좀 기쁘다.

세상에 지켜야 될 법칙 같은 건 따로 없다는 것은 알지만, 또는 법칙은 깨지라고 있다는 주장에도 꽤나 수긍하는 편임에도 굳이 법칙을 만들어 사는 꼬장꼬장한 인간이 여기에 있다. 나는 언제나 괜찮은 것은 종잇장 차이라고 생각한다. 조금의 차이가 전부이다. 맛있는 음식이나 아름다운 물건이나 모두 조금의 차이가 만들어낸다. 처음부터 좋은 것을 쓰고 사소한 것에도 타협하지 않았다면 무조건 아름다운 음식이 된다. 그것이 내겐 가장 화려하고 사치스러운 요리이다.

사치스러운 식탁 하면 내겐 언제나 떠오르는 장면이 있다. 고등학교 때 한 친구의 집에 초대받아 간 적이 있었다. 가보니 상당히 부유한 집이었다. 실내에 계단이 있는 이층집에 직접

들어가 본 것은 그때가 처음이었다. 그녀의 어머니는 반갑게 맞이해주시고 맛난 음식을 준비해주셨는데 너무 아름다워서 깜짝 놀랐다. 관리가 잘되어 있는 대리석과도 같은 피부에 우아한 옷차림, 정말 드라마에 나오는 사모님에 다름 아니었다. 실제로는 집에서 일하시는 아주머니가 음식을 준비해주셨다. 아… 부잣집은 이렇구나! 그런 생각을 처음으로 했다. 그때부터 오랜 세월이 흐른 지금까지도 나의 뇌리에 남겨진 그날 본 것 중 가장 특이했던 것은 식탁 위에 놓인 촛대였다. 그 생경한 화려함이라니. 유럽 고전영화에서나 나올 법한 화려한 촛대가 그 집 식탁에 놓여 있었다. 가끔 술을 마실 때 분위기 좀 잡으려고 초를 켤 때가 있는데, 그때마다 '아… 초를 왜 켤까?' 생각하며 그때 그 집 식탁을 떠올리곤 한다. 내게 촛대가 어떤 화려한 식탁의 표상처럼 자리를 잡은 건, 어쩌면 어릴 때 그 기억 때문일지도 모르겠다.

무전

1   무를 최대한 얇게 둥글게 썬다.
2   부침가루나 밀가루에 물을 넣어 약간 묽은 반죽을 만든다.
3   팬에 기름을 두르고 무에 반죽을 묻혀 부친다.
4   간장소스를 만들어 함께 먹는다.

제주에서 날이 추워지는 무 수확 철이 되면 자동차를 천천히 몰면서 무 수확을 끝낸 밭이 있나 어슬렁거린다. 오! 저기다! 내가 보기엔 멀쩡한 것들이 나뒹굴고 있는 밭을 발견하면 차를 길가에 세운다. 욕심내지 않고 한두 개 정도 무 파치를 주워 온다. 수확이 끝난 밭을 갈아엎기 전에 해야 한다. 양평의 나의 밭에서 농사지어 수확하는 무도 맛이 좋지만 이렇게 제주에서 주워 먹는 무도 맛있다. 무전은 제주에서나 양평에서나 자주 해 먹는 안주이다.

무전을 알게 된 것은 제주도에 있을 때였다. 한 제주 지인 집에 초대를 받아 갔는데 그녀는 너무나 단순한 요리처럼 보이는 무전을 해주었다. 그리고 무전은 굽자마자 먹어야 한다며 내가 보는 앞에서 굽는 수고를 해보이며 무전을 대접해주었다. 이후 나는 이 무전을 아름답다 여겨 종종 혼자서도 해 먹고, 누군가 집에 오면 곧잘 이 간단한 요리를 한다. 나 역시 손님이 방문하여 식탁에 앉았을 때, 팬에 기름을 두르고 굽는다. 따뜻한 하얀 동그라미를 단순하고 무늬 없는 접시에 놓아 대접한다. 술은 어떤 걸로 할까. 고민할 필요가 없다. 어떤 술과도 다 무난하게 잘 어울린다.

치즈아보카도오이카나페

1 크래커는 단맛이 적은 담백한 걸로 준비한다.
2 크래커 위에 단정하게 썬 치즈, 아보카도, 오이를 올린다.

뭐니 뭐니 해도 고양이 손으로도 만들 수 있다는, 가장 빨리 준비할 수 있는 안주는 카나페. 냉장고에 있는 재료들로 적당히 어울리게 조합을 꾸리면 된다. 화려한 색감과 다양한 맛을 총출동시킨 카나페들이 많지만 나는 슴슴한, 또는 조금 미니멀한 느낌을 주는 것을 좋아한다. 너무 여러 가지 맛이 모이면 오히려 맛이 단조로워진달까. 내가 '갖은양념'이란 말을 별로 안 좋아하는 이유이기도 하다. 갖은양념이 들어간 요리들은 결국 여러 가지 맛이 아니라 '갖은양념'이라는 한 가지 맛을 내는 경우가 많다.

어떤 완성도라는 것에 대해 생각할 때 모자라도 미완이지만 넘쳐도 결국 미완이 된다. 완성도라는 것은 생각할수록 어려운 경지임에 틀림이 없다. 왜 이렇게 완성도 타령을 할까 싶지만 그게 무엇이든 완성에 가까운 것일수록 아름답고 우리를 행복하게 해주는 것임에 틀림없기 때문이다.

고수씨를 넣은 토마토마리네이드

1 방울토마토를 뜨거운 물에 살짝 데쳐 껍질을 벗긴다.
2 껍질 벗긴 토마토, 올리브오일, 발사믹 식초, 고수씨,
   소금, 후추를 모두 섞어 병에 넣어 숙성시킨 후,
   시원하게 먹는다.

고수는 동남아 음식에서 만나는 향기 나는 잎채소이다. 향이 강해 호불호가 있다. 주변에 고수잎을 광적으로 좋아해서 태국 음식점에 가면 고수 타령을 해대는 친구들이 여럿 있는데, 나는 고수를 먹지만 그렇게까지 특별하게 좋아하진 않는 편이다. 그럼에도 가끔 고수 농사를 짓는데, 그것은 고수잎보다는 고수씨를 얻기 위해서다. 그리고 씨가 맺히기 전 레이스처럼 아름다운 고수꽃을 감상하기 위해서다. 씨를 남겨야 하기에 꽃을 꺾어 화병 꽃꽂이는 못 하고 밭에서만 감상한다. (모든 채소는 우리가 대체로 꽃이 피기 전 수확해서 먹어서 그렇지, 꽃이 핀다. 특히 쑥갓꽃은 달걀 모양의 꽃인데 너무 귀엽고 상큼하다. 쑥갓을 먹어야 되니 보통은 꽃이 필 때까지 밭에 있지 못할 운명이라는 사실이 안타깝다. 나는 쑥갓씨를 뿌려 꽃을 감상할 때까지 기다린다.)

고수씨는 고수잎과는 향이 좀 다르다. 과일 향이 난다고 해야 할까. 내게 고수잎의 향은 조금 부담스럽다면, 씨는 그렇지 않다. 나는 이 향기로운 고수씨를 다양한 절임에 넣는 향신료로 쓴다. 고수씨를 넣은 토마토마리네이드는 손님이 왔을 때 웰컴 음식으로 종종 내놓거나 와인 안주로 먹는다.

아오... 시끄러...

커리와 야콘오이샐러드

1   커리는 좋아하는 걸로 준비한다. 채소, 소고기, 닭고기 등
    다양한 커리를 만들 수 있다(요즘은 커리가 너무 다
    잘 나온다. 레토르트식품을 사서 간단하게 준비해도 된다).
2   껍질을 벗긴 야콘과 오이는 깍둑썰기를 해서 국간장, 참기름,
    오미자효소를 넣고 버무린다.
3   난이 있다면 구워서 함께 먹는다.

야콘이라는 채소를 처음 알게 된 건 언젠가 누군가로부터 선물을 받았을 때였다. 이리 못생긴 것은 무엇인가? 하며 생경함을 토로했더니 그냥 껍질을 깎아서 생으로 먹으면 된다고 했다.

새로움은 이렇게 외부로부터 오곤 하는데 받아들일지 말지만 결정하면 된다. 모든 게 다 성공적으로 안착될 수는 없지만 받아들인 뒤 의외로 "뭐야! 뭐야! 이거 내 취향이잖아!"라며 마치 원래부터 내 것인 양 되는 것들이 있다.

야콘은 먹어보니, 내겐 무보다 더 상쾌함을 주는 채소이다. 내게 상쾌함의 대명사인 채소는 당연 오이. 야콘의 색과 오이의 색이 어울리고 그 둘의 식감이 어울리겠단 생각에, 그리고 마침 오이도 있으므로 둘로 가벼운 샐러드를 만들어 먹는다. 야콘 대신 비트나 콜라비도 좋다.

이 샐러드는 단품으로 가볍게 안주로 먹어도 좋지만 야콘이나 오이나 둘 다 시원한 채소들이므로 뭔가 다른 것과 함께 먹는다면, 따뜻한 커리나 스튜, 치킨 같은 육류 요리와 함께하면 적당할 듯하다.

마침 손님이 오기로 되어 있어 맥주와 함께 먹을 술안주로 야콘오이샐러드, 닭고기를 넣은 인도식 커리와 난을 준비했다. 그날 온 지인은 이런 음식은 처음 먹어본다며 그날의 안주상을 즐기는 듯했다. 하지만 그녀는 그다음 날 내게 전화를 걸어와, 미안하지만 집에 돌아가서 아무래도 속이 헛헛하여 라면을 한 개 끓여 먹고 잠자리에 들었다고 고백했다. 그날의 식사와 술이 자신의 머리와는 다르게 몸이 만족을 느끼지 못하고 낯설어하였다는 게 그녀의 고백 내용이었다. 이후 그녀와는 주로 밖에서 만나 사 먹는다.

그나저나 흑. 라면… 나도 라면을 너무 좋아한다. 무엇도 어떤 위급한 순간의 라면을 이길 수는 없다.

그린그린

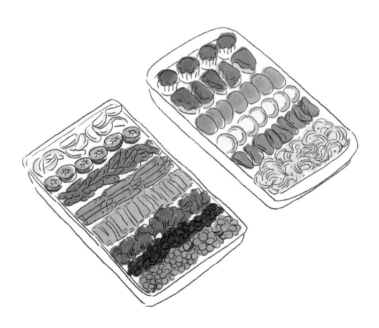

1   준비해 온 모든 이들의 음식을 어울리게 잘 펼친다.
2   녹색의 다양함을 감상하며 먹는다.

종종 친구, 지인들과 각자 음식을 싸와 함께 나눠 먹는
포틀럭 파티를 한다. 4인 정도가 넘어가는 모임은 포틀럭으로
한다. 소수의 친구들과 함께 할 때만 내가 음식을 준비하는데
인원수가 넘어가면 부담이 되기 때문이다. 여럿이 함께
준비한 만큼 다양하고 풍요로운 식사와 술을 나눌 수 있다.

내가 주도하여 만든 파티는 미각적 즐거움보다는 시각적 즐거움을 좇는다고 하는 게 맞을 것 같다. 여러 사람을 초대하는 파티를 준비할 때 더 큰 재미를 위해서 드레스 코드라는 걸 설정할 때가 있다. 언젠가의 파티에서 내가 친구들에게 주문한 드레스 코드는 '스모키+할로윈 스타일'이었는데 모두 다 그에 부응하지는 않았지만 여러 친구들이 나름 노력해서 그런 모습으로 나의 시골집을 방문했다.

자동차가 없어 버스를 타고 와야 하는 한 친구를 면내에 있는 버스터미널로 픽업하러 갔는데, 그녀를 발견하자마자 터지는 폭소를 참을 수가 없었다. 그녀는 키와 덩치가 큰 편이어서 안 그래도 눈에 띄는 사람이었는데 그날 파티 코드에 너무 성실히 맞춘 모습으로 나타났다. 시커멓게 그린 스모키 메이크업에 핑크색 털 코트와 무릎까지 오는 롱부츠를 신고 있었다. 버스 정류장에 있던 몇몇 어르신들이 눈이 휘둥그레져서 그녀를 쳐다보고 있었는데 그녀는 그런 시선에 개의치 않고 나를 발견하자 크게 손을 흔들었다. 덕분에 나까지 마을 어르신들의 시선에 들어가게 되었다. 소박한 나의 마을에 진정 슈퍼스타가 방문한 느낌이었다. 나는 파티를 시작하기도 전에 그녀 때문에 흥분했고 그녀에게 엄지척을 해주었다.

아... 안 추운데...

한번은 친구들에게 준비해 올 포틀럭 음식에 컬러 코드를 결정해서 준 적이 있었는데 그때 파티의 음식 코드는 '그린'이었다. 대체 그린색 음식은 무엇이냐? 그린으로 된 것들을 준비해 오느라 다들 비상이 걸렸다고 했다. 결과적으로 우리가 만나게 된 세상의 다양한 종류의 초록이 모여 있는 테이블은 어찌 아름답지 않았겠나. 사실 먹을 게 별로 없는 느낌적 느낌이 들기도 했지만 그래도 우리는 모두 시각적 즐거움을 느끼며 행복해했다.

이후 다른 컬러로도 해봐야지 했지만 아직까지 하지 못하고 있다. 노랑! 분홍! 블랙! 언제하지? 생각만으로도 신난다! 이젠 나이가 들어가는 나의 친구들이 과연 따라 줄까? 벌써 구시렁거리는 소리가 들린다.

"또 뭐야? 쟤 왜 이렇게 일 만드는 거 좋아하니?"

언젠가는 친구들 십여 명을 집에 초대하면서 포장된 선물과 함께 '시'를 하나씩 준비해 오라고 했다. 준비한 선물을 함께 나누고 시를 낭독하자고 한 것이다. 특히 시를 준비해 오라는 것에 극도로 거부 반응을 보인 친구도 있었지만 결국 모두 다 시 한 편씩 준비해 왔고 부끄러운 마음도 잠시, 모두 각자 한 편의 시를 낭독했다. 모두에게 다 주어진 선물 언박싱의 즐거움을 누리고, 처음엔 어색했지만 점점 빠져들게 된 시 낭송은 나중에 두고두고 회자되었다.

서너 명이 모여 적당한 음주와 함께 수다를 떠는 것도 즐겁지만 그 수 이상이 모이게 되면 소외 그룹이 생긴다. 이때는 어쩔 수 없이 파티 플랜이 있어야 한다. 자연스럽게 어떤 행사가 만들어진다. 인간들이 모이면 행사가 되고, 행사는 진행 순서와 이를 이끌어갈 사회자가 필요하다. 어느 정도 즐겁고 흥분된 파티를 하려면 꽤나 정성스럽게 준비를 해야 한다.

뭔가 준비물이 있는 낯선 파티에 초대받는 나의 친구들은 당황스러워한다.

"또 뭐야? 뭘 준비하라고? 야, 미안한데 나 안 간다!"

그렇게 투덜대지만 싫은 척하면서도 다 준비해서 온다. 파티를 준비하는 나의 수고로움을 귀엽게 봐준다. 고맙다. 우리는 모두 함께 즐겁기 위해 애쓴다.

왕년에 '파티걸'이란 소릴 들었다. 꽤 진지한 파티플래너였다. 물론 나의 집에서 소규모 친구들을 초대하는 파티에서. 친구들과 모여 노는 것이 즐거웠다. 일을 만드는 것이 힘들지 않았다(물론 지금은 예전 같지 않다는 것을 인정하고 있는 시절이지만).

"뭐야? 너 진짜 사는 데 진심이구나?"

"뭐야? 너 파티에 진심이구나!"

"너 술자리에 진심이구나!"

이런 말을 들었다면 그날 준비한 파티는 성공!

"전 정말… 진심이라구요!"

여러 가지 구이와 실부추무침

여러 가지 구이

1   고기(소고기, 돼지고기 등), 연근, 버섯, 양파, 은행, 당근,
    마늘, 아스파라거스 등을 적당한 크기로 잘라 준비한다.
2   달군 팬에 버터를 넣고 딱딱한 것을 먼저 굽는다.
3   기름장, 고추장, 쯔유 등 좋아하는 소스에 찍어 먹는다.
4   실부추무침을 함께 먹는다.

실부추무침

1   실부추(영양부추)를 씻어 적당한 크기로 썬다.
2   액젓, 오미자액, 들기름을 넣고 무친다.

세상에는 나를 비롯해 다양한 파티플래너들이 있다. 굳이 사람들을 초대해서 집밥을 먹여야 한다며 집밥에 집착하는 이도 있고, 배달 음식만으로도 멋진 주안상을 한 상 차려내는 이도 있다. 초대한 이들에게 시간과 정성을 들여 기쁨과 만족을 주려는 그 다정함을 장착한 세상의 모든 호스트들은 이미 다 훌륭한 파티플래너들이다.

뭐든 다 구워 먹는 집에 초대받아 간 적이 있다. 이 집 주인은 '구이'에 정말 진심인 사람이었다. 오로지 손님 수만큼의 앞접시만 있을 뿐 커다란 전기 불판 하나만이 테이블에 떡하니 자리를 차지하고 있었고, 미리 준비된 다른 요리는 없었다. 초대받은 우리가 착석을 완료하자 집주인이 끊임없이 뭔가를 구워주어, 우리는 계속 먹으면 되었다. 그녀의 불판 옆엔 산처럼 쌓인 식재료가 준비되어 있었다. 각종 고기, 버섯, 각종 채소, 두부, 떡, 어묵, 곤약, 국수 등 거기서 구울 수 없는 것은 없어 보였다.

이 구이 전문 파티에서는 정말 많이 먹게 된다. 앞서 무엇을 먹었는지 기억상실증처럼 잊어버리고 다음 구이를 기다리면서 지지직거리는 구이 판만 보고 있게 된다. 사실 이 지점이 내가 이렇게 먹는 것을 선호하지 않는 이유이긴 하다. 너무!

많이 먹게 된다.

　나도 가끔 술안주로 구이를 준비할 때가 있다. 아주 가끔이지만 특별한 날 그날에 맞는 팬을 꺼내 구이를 준비한다. 그때가 언제냐면 고기를 먹어야 뭔가를 먹었다고 느끼는 친구들, 즉 고기파 친구들을 위해서다. 하지만 미안하게도 나의 구이 음식을 먹은 친구들은 양껏 먹었다고 느낄 수는 없을 것이다.

주먹밥 도시락

호박잎 주먹밥

1　찹쌀, 콩, 팥 등 갖은 곡식을 불린 후(팥은 미리 삶아 놓는다.)
　　모두 섞어 약간의 소금을 뿌린 후 찜기에 찐다(대추, 밤 등을
　　같이 넣어도 좋다).

2　찐 호박잎으로 1번 찰밥을 예쁜 모양으로 싼다. 호박잎이
　　없다면 그냥 찰밥을 주먹밥으로 만든다.

오니기리

1　다시마 한 조각을 넣고 흰쌀밥을 고슬하게 짓는다.

2　쯔유, 참기름을 넣고 섞는다.

3　원하는 모양으로 오니기리를 만든다.

4　여기에 달걀말이를 만들어 함께 김을 둘러도 좋다.

가벼운 산행, 운동, 물놀이 등을 하고 난 뒤 함께 했던 친구들과 이어지는 술자리는 즐겁다. 적당한 식당이나 술집을 찾아가도 좋지만, 각자 준비한 작은 도시락으로 자리를 이어 가는 것이 나는 참 좋다.

'도시락'을 싸면 무조건 소풍이 된다. 조금 분주하겠지만 함께 나눌 먹을거리를 준비하는 마음은 이미 다가올 즐거운 일들로 벌써 설레기 시작한다. 아주 간단한 핑거푸드 정도일지라도 우리의 간소한 도시락들이 모여 금방 풍성한 식탁이 차려진다. 게다가 도시락을 펼치게 된 그곳, 그때의 온도, 습도, 향기 그리고 함께 한 이들의 웃음소리면 충분히 행복하다.

어딘가 아름다운 장소에서 술을 마시고 있다면 그 이상 무슨 안주가 필요하겠는가. 최고의 안주는 배경이다. 아름다운 정원, 숲, 산, 바다, 도시의 화려하고 빛나는 조명들, 빌딩숲, 강과 다리가 보이는 어딘가 또는 이국적인 여행지에서 술을 마시고 있다. "이 한 잔의 술을 마시려고 이렇게 멀리 떠나왔던 것이냐!"를 외치며 감격에 젖기도 한다. 그리고 함께 하는 이다. 친구나 지인과 같은 마음, 적어도 비슷한 마음으로 함께 하는 술자리가 가장 즐겁다.

제주에서 입수가 가능한 시절엔 일주일에 두세 번은 바다에 들어갔다. 바닷물 놀이를 갈 때 우리는 언제나 시원한 캔맥주를 챙겼다. 물놀이를 한바탕 마치고 나와서 탁! 하고 따서 꿀떡꿀떡 삼킬 때 목구멍으로 마치 한 줄기 폭포가 흐르는 그 잠깐의 쾌감을 위해 귀찮아도 쿨러백에 얼음팩을 준비했다. 함께 먹을 간단한 도시락을 싸가기도 했지만 무엇보다 그때 가장 좋은 안주는 구름! 파도 소리! 바람! 그리고 윤슬이었다. 해가 질 무렵의 바다에서는 사치스러운 붉은 노을이 우리를 기다리고 있었다.

어느 날 늘 함께 다니던 버디와 함께 조금만 나가도 깊이가 나와 많은 프리다이버들이 다이빙 연습을 하러 오는 포인트로 프리다이빙을 하러 갔다. 다이빙을 마치고 나오는데 우리가 깔아놓은 자리 옆에 화려한데다가 아찔한 수영복을 입은 긴 머리의 젊은 여자 둘이 새롭게 자리를 펼치고 있었다. 자리에 기다란 롱핀이 있는 것으로 보아 그녀들도 프리다이버들일 듯했다. 타월로 물기를 닦고 가지고 온 캔맥주를 따서 안주 없이 벌컥벌컥 마시며 "크아~ 시원하다." 하고 있는데, 화려한 수영복의 그녀들도 서둘러서 뭔가 먹을거리를 꺼내고 있었다. 그런데 그녀들은 시원한 얼음이 채워져 있는 와인쿨러를 꺼내 거기에 샴페인을 병째 넣는 것이 아닌가! 아니,

바다에서 대낮에 샴페인? 와인 쿨러에 와인 잔까지! 그 모습
은 정말이지 너무 럭셔리해 보여 나는 눈을 뗄 수가 없었다.
게다가 그녀들이 싸온 안주는 너무 맛나 보이는 햄버거와 프
렌치프라이드포레이토였다. 나도 모르게 그쪽을 계속 쳐다
봤나? 하는 자각을 하자마자 내 옆 나의 버디도 나와 똑같이
침을 흘리고 그쪽을 바라보고 있는 것을 깨달았다.

혼술

소시지달걀말이

1   푼 달걀에 소시지를 썰어 넣어 기름에 부친다.
2   소금이나 쯔유로 간을 하는데 소시지에 간이 있으므로
    생각보다 조금 넣는다.

오늘 한마디도 안 했다는 사실을 자각하며 전화를 건다. 특별한 일이 없어도 인간 친구와 잡담을 늘어놓고 싶은 날이 있다. 그런 날들을 위해 비슷한 처지의 친구 두어 명은 있어야 한다.

친구와 통화를 하다 보면 갑자기 술이 당기기도 하는데 그때 냉장고를 열어 캔맥주를 따면 어? 찌찌뽕, 전화기 너머 친구도 맥주를 땄다고 한다. 이제부터 우리는 같이 술을 마시는 것이니 어쩌면 혼술이 아닐지도 모르겠다. 술과 함께면 전화기가 뜨듯해질 때까지 수다는 꽤 오랫동안 계속된다.

"안주는 먹고 있니?"

"안주? 없는데."

"왜? 뭐 좀 꺼내 먹지?"

"냉장고에 먹을 게 하나도 없어."

"이런."

오늘의 술안주는 친구, 또는 수다가 되는 것이니 그다지 다른 안주가 필요하지 않다며 괜찮다고 생각해본다. 가볍게 맥주 한 캔, 와인 한두 잔 정도 마시는 거지만 때론 수다가 길어지면 어디 가서 몇 차를 하며 술을 마시는 것만큼 피로해지기도 한다.

"오늘은 뭐랑 먹고 있니?"

"음… 소시지."

"소시지?"

"천하장사."

"…"

"지난번 대형마트에 갔다가 100개들이를 샀는데 줄지 않네."

"100개? 미쳤… 허허, 그걸 왜 샀대? 가끔 요긴하지. 갑자기 나도 먹고 싶네."

"두 개째 먹고 있어."

"과자보다는 나으니까. 흐흐, 괜찮아!"

"그… 그래. 흐흐. 쩝쩝."

귀찮아서 꺼내 먹는 안주인 만큼, 소시지만을 대충 까서 먹게 되겠지만 그래도 이건 아니지 싶을 땐 달걀 두세 알을 꺼내고 소시지를 잘게 썰어 넣어 달걀말이를 한다. 적당히 예쁜 그릇에 올려놓으면 금세 괜찮은 안주가 된다.

한 친구와는 전화로 같이 쇼핑을 하기도 한다. 그 친구는 자신의 결정 장애를 탓하며 쇼핑을 항상 어려워하는 편이어서 내가 곧잘 도움을 주는데 그녀가 사려던 목록들을 내게 보내주면 내가 코멘트를 해주는 식이다. 함께 만나서 쇼핑을 가

면 좋겠지만 서로가 자주 만날 수 없는 처지이므로, 그렇지만 쇼핑을 좋아하고 쇼핑은 이것저것 서로 들여다봐주고 의견을 반영하며 고르는 재미가 있는 것이므로, 통화로 하는 이런 방식의 쇼핑만으로도 우리는 직접 만나 여기저기를 돌아다니며 쇼핑한 것만큼 충분히 즐겁다.

어느 조용한 외로운 저녁은 외출하지 않고 편안한 잠옷 차림으로 쇼핑과 술과 수다를 함께 해결할 수 있는 친구가 있어 소중하다.

세상이 많이 달라져서 어떤 날은 줌으로 여러 친구들과 만나 각자 준비한 술을 마시며 수다 꽃을 피우기도 한다. 각자 화면을 통해서 만나는 것임에도 그야말로 사운드가 겹쳐 어지간히 왁자한 느낌을 준다. 그렇게 보면 이건 혼술은 분명 아니다. 반면 어떤 자리에 나갔는데 상대는 술을 마시지 않고 나 홀로 술을 마신다면 이건 혼술인가? 아닌가? 헷갈린다.

무조림

1 무를 적당히 두툼하게 썬다.
2 간장, 쯔유, 고춧가루, 설탕, 들기름, 다진 마늘을 넣고
  푹 익히며 조린다.

서리가 내리기 전 배추보다 무를 먼저 수확한다. 배추에 비해 무가 추위를 더 잘 견디지 못한다. 무는 김치에 쓸 것을 빼고 나면, 하나하나 신문지와 비닐에 넣어 보관하는데 겨우내 먹을 양식이 되어준다. 추워지는 이 시기의 무는 정말 맛이 좋다. 나는 무 농사를 짓게 된 이후 무로 만든 여러 음식들을 좋아하게 되었다.

특히 이 시절에 난 무로 만드는 것 중 하나가 무조림이다. 생선이나 다른 주재료를 넣지 않고 오로지 무가 주인공이다. 무 반 토막만 있으면 따뜻한 한 냄비의 안주가 만들어진다. 이 무조림은 맥주나 청주와 함께 먹는다. 달콤 짭짤한 무조림 하나만 있어도 충분하다.

김장철도 지나고 정원에 초록색이 사라지고 쓸쓸한 바람이 불고 날이 추워진다. 그렇지만 이제 무를 맛나게 먹을 수 있는 시절이다.

나는 혼자서 살고는 있지만 나의 정원과 밭은 완전히 나 혼자만의 것이라고 하기엔 어렵다. 어머니의 지분이 꽤 되기 때문이다. 나의 어머니는 어쩌다 보니 도시를 떠나 시골에서 정원과 텃밭을 소유하며 오래도록 살게 된 나를 정기적으로 방문하시는데 사실 나를 찾아오신다기보다는 자신이 부려놓은 농작물을 찾아오시는 거라 할 수 있다. 나 혼자 감당하기 힘들기도 하고 어머니가 흙을 만지는 기쁨을 누리는 것을 알기에 흔쾌히 나의 정원과 밭을 내어드렸다. 물론 있는 생색은 다 내면서 말이다. "엄마, 주말농장비는 대체 언제 내실 거예요?" 게다가 정원과 밭의 일부만을 내어드렸다고 할 수 있다. 특히 정원에 있는 나무들은 어머니가 관리를 하시지 못하게 한다. 어디선가 주워들은 말이 있다.

'정원과 부엌은 주인이 둘이 아니다.'

그만큼 한 사람이 소유해야 평화가 찾아온다. 기호나 취향, 또는 목적이 다른 사람이 한 정원이나 부엌을 소유하면 서로에게 불만이 생기고 언젠가는 그 일로 분명 서로 다투게 될 일이 일어난다.

내가 일 년여 동안 집을 비우는 일이 있어 그 기간 동안 어머니가 오셔서 집과 정원을 관리해주신 적이 있는데, 일 년 후 돌아왔을 때 정원에 있는 나무들이 짤뚱해져 있는 것을 보고

너무 놀라고 말았다. 특히 일부러 기다란 삼각형의 수형을 잡아 기르고 있던 주목이 있었는데 윗면이 날아가 동글납작한 나무가 되어 있었다. 나무를 보자마자 지구가 멸망하기라도 한 것처럼 이마에 핏대를 세우며 어머니에게 역정을 냈다. 어머니는 이 나무가 너무 위로 키가 자라 밖의 풍경을 가리는 것 같아서 윗부분을 잘라냈다고 하셨지만 나는 흥분을 가라앉히지 못하고 어머니에게 큰소리를 내고 말았다.

"이 나무는 내가 일부러 이렇게 기르려고 얼마나 오랫동안 정성을 들여 힘들게 수형을 잡아가고 있었는데 엄마 때문에 몇 년이 날아갔잖아!"

너무 심하게 흥분하며 화를 내는 나에게 어머니는 죄인처럼 아무 말을 못 하셨다. 나는 이어서 "앞으로 다른 건 다 괜찮은데 나무는 손대지 마!"라고 재차, 어머니의 기분 따위 생각지 못하고 명령조로 이야기를 했다. 나중에 시간이 흘러 어머니는 이때의 일을 말씀하신 적이 있는데, 정말 상처가 되었다고 하셨다. 그리고 물론, 이후 정원의 나무들은 건드리지 않으신다.

어머니께 죄송한 마음이 가득하다. 하지만 그때는 어쩔 수 없는 일이기도 했다. 우리가 서로 취향이 매우 다른 사람이라는 사실을 알지 못했기 때문에 언젠가는 한번 일어날 일이었다. 이때 일 이후 나의 정원에서 어머니가 돌보는 영역이 생겼다. 다름 아닌 밭이다. 밭은 어차피 해마다 갈아서 그 해의 주력 작물을 심는 것이니 어머니가 좋아하시는 것을 밭에 심으시게 했다. 사실 나는 밭작물을 그다지 많이 심지 않는다. 매일이 변화무쌍한 밭작물은 품이 많이 들어간다. 전업 농부도 아니고, 여러 가지로 할 일이 많은 처지인 나는 그 정도의 시간과 정성을 들여 관리를 할 수 없기 때문이다. 이제 육신은 뜻대로 되지 않지만 시간의 여유가 생긴 어머니는 밭작물에 욕심을 내신다. 봄이 되면 전화를 거셔서 "올해는 뭘 심을까?" 하며 설레어 하신다. 밭은 이제는 거의 어머니 거라 할 수 있다. 무엇을 하시든 참견을 안 하려고 한다. 그런고로 봄에 무언가를 심고 서울 집으로 돌아가시고 나면, 자신이 부려놓은 것들이 궁금해 전화로 안부를 물어오신다. 나의 안부보다 채소들의 안부를.

10월 말에서 11월 초는 김장철이다. 이 시기를 위해 미리 심어놓으신 배추와 무 등의 안부를 물어오시다가 드디어 어머니가 김장을 하러 오신다. 오랜 세월 자신만의 노하우가 쌓여 있는 어머니의 주도하에 김장을 한다. 나는 심부름을 시킨다며 툴툴거리지만 어머니 덕에 해마다 밭에서 나는 채소로

김치를 얻어먹고 있다.

"절임 음식에서 가장 중요한 것은 절임 정도. 소금이 가장 중요해! 좋은 소금을 써야 한다고!"

어머니는 김장철이 오기 전에 소금과 고춧가루 그리고 젓갈을 수배하는 데 온 정성을 기울이신다. 나는 어머니에게 가장 기본적인 것을 배웠다. 뭐든 좋은 재료를 써야 한다는 것! 그것이 가장 중요한 요리의 노하우라는 것을. 그리고 정성.

"이거 뒤집어야 된다."

1박 2일 코스인 김장하기 행사에서 배추를 절이는 것만으로도 잠을 설쳐야 된다.

"애고고… 엄마, 이렇게까지 해야 되는 거야? 김치 정말. 사 먹자!"

나는 힘들다며 성질을 부리면서도 어머니가 시키는 일을 꾸역꾸역한다. 결국 아름다운 먹을거리가 그냥 나오는 게 아니라는 것을 아니까. 얻어먹으려면 정성과 인내가 따른다.

김치볶음밥

v.1

1 김치(신김치면 더 좋다.), 스팸(혹은 어묵), 양파를 쫑쫑 썬다.

2 1에 버터와 기름을 넣어 볶다가 밥을 넣고 함께 볶는다.

3 달걀프라이를 얹고 참기름과 깨를 뿌린다.

v.2

1 김치를 잘게 썰어 들기름을 두른 팬에 설탕을 넣고 볶다가

2 밥을 넣고 함께 볶는다.

3 깨소금이 있다면 위에 솔솔.

묵은지가 그냥은 먹기에 조금 꺼려질 시기가 오면 김치를 조금 씻은 뒤 쫑쫑 썰어서 들기름에 볶아놓으면 꽤 오래 두고 먹을 수 있는 반찬이 된다. 김치볶음만으로는 술안주에 어쩐지 모자람이 느껴진다. 게다가 짜다. 밥까지 넣은 김치볶음밥이 내겐 더 좋은 술안주로 느껴진다. 달걀프라이는 귀찮아도 올려야 제맛이다.

술안주로 웬 김치볶음밥이냐 하겠지만 뭐 내겐 대체로 모든 식사가 술안주이기도 하다(술안주가 뭐 따로 있나요?). 게다가 나는 밥을 안주로 잘 먹는 편이므로(사실 밥이 제일 맛나지 않나요?) 김치볶음밥을 화이트와인과 함께 먹는 것을 좋아한다.

조미김과 흰쌀밥

1 조미김을 적당한 크기로 잘라
2 한 입 크기의 흰쌀밥을 싼다.
3 브리 치즈도 적당한 크기로 잘라 곁들인다.

반면 맥주 안주로는 조미김과 방금 한 흰쌀밥이 또 제격이란 생각이 든다. 조미김은 주로 오일장에서 사는 편인데 숯불에서 구워서 '불맛'이 나는 바로 그 김을 산다. 내가 주로 가는 H오일장에 가면 김을 직접 구워 파는 노점이 여러 개가 죽 있는데 그들은 상당히 경쟁이 치열해 보인다. 모두 너무 분주해서 김을 봉지째 접어서 썰어주는 손길이 보이지 않는다. 그 손길을 구경하다가 "아… 저도 주세요!"라고 말하게 되는데, "주세요!" 말이 끝나기도 전에 내 손엔 김 봉지가 들려 있다. 정말 대단하십니다! 김을 사온 날은 흰쌀밥을 한다. 김이 맛이 좋을 때 싸서 시원한 맥주와 함께 먹는다. 혹시 냉장고에 먹다 남은 브리 치즈가 있다면, 전혀 아쉬울 게 없는 술상이 차려진다.

오징어채볶음

1   기름을 두른 팬에 적당히 자른 오징어채를 넣고 볶다가
2   볼에 섞어놓은 간장, 맛술, 설탕, 마요네즈를 넣어 함께 볶는다.
3   깨를 뿌린다.

건어물을 모아놓은 코너로 가서 부드러운 반찬용 오징어채를
산다. 그리고 조리를 해서 안주로 먹는다. 마카다미아나
브라질넛 등 고소하고 기름진 견과류와 함께 먹는다.

오랜 친숙한 반찬, 특히 학창시절 단골 도시락 반찬이었던 오징어채볶음이 지금은 혼술 안주로서 곁을 떠나지 않고 있다. 달라진 게 있다면, 예전에는 딱딱한 식감을 매우 좋아했지만 지금은 좀 더 부드럽게 조리한다는 거다. 서글프지만 잇몸과 치아를 걱정해서이다.

이제는 술안주의 대명사인 마른오징어(와 땅콩)를 잘 먹지 않는 편이다. 마른오징어를 질겅질겅 잘 씹을 수 있는 치아의 상태가 아니다.

지금보다는 훨씬 젊은 시절, 나보다 나이가 많은 사람들이 "마른오징어를 먹을 수 있을 때 먹어라!"라고 말하는 것을 듣고는 이게 뭔 소리인가? 했는데 슬프게도 내게는 그 시기가 일찍 온 듯하다. 하지만 너무 슬퍼하고만 있을 수는 없다. 방법을 찾으면 된다. "이가 없으면 잇몸으로!"라는 말도 있지 않은가? (세상에! 이 말이 이렇게 직접적이고도 현실적인 말이 되다니!) 맛있는 오징어를 포기할 수는 없고 또한 그 식감 역시 완전히 포기할 수는 없으니 조금만 더 부드럽게 요리한다.

예전에 내가 좋아했던 안주 중 하나가 'ㅇㅇ숏다리'인데 저렴한 가격에 마치 불량식품처럼 보이는 포장을 가졌다. 작은 봉지에 진짜 작은 오징어 다리만 들어 있는데 너무 딱딱해서 오래도록 오물오물 먹을 수 있었다. 마트에 가면 아직도 그 녀석이 눈에 들어온다. '아… 아직도 이 녀석을 파는군.' 하지만 이 제는 구입을 하지 않는다. 처지를 받아들여야 한다.

술 마시며 독서도
가능했던
예전

눈과 치아가
안 좋아진
지금

미역초무침

1 생미역을 끓는 물에 데친 후 찬물에 헹궈 물기를 없앤다.
2 미역을 적당한 크기로 잘라 식초, 설탕, 소금, 매실액을 넣어
   무친다.

어느 추운 날 고무줄로 묶어놓은, 한 다발에 몇천 원 하지 않는 생미역이 장에 나와 있을 때가 있다. 그럼 주저하지 않고 미역 한 다발을 산다. 나는 이 생미역을 사다가 바로 데쳐서 먹는 것을 좋아한다. 검은 갈색이던 생미역은 데치면 검은 초록색으로 바뀌는데 데치고 씻는 행위 하나만으로 이 식재료는 목욕재계를 마치고 새롭게 태어난다. 특별히 조리를 하지 않아도 미역의 신선함만으로 충분히 아름다운 먹이가 된다. 그냥 먹어도 참기름에 찍어 먹어도, 또 이렇게 초무침을 해서 먹어도 다 맛나다.

미역무침만 좋아하는 게 아니고 미역국도 좋아해서 꽤 자주 미역국도 끓여 먹는다. 미역은 참 신기하다. 나뿐 아니라 내 주변에서 미역국을 싫어하는 사람을 본 적이 없다. 오로지 아기를 낳은 지 얼마 안 된 산모들만이 미역국에 진저리를 내는 것을 보았다. 그도 그럴 만하다. 아무리 좋다지만 얼마간은 내내 미역국을 먹어야 하다니, 정말 질릴 만도 하지.

나는 결혼도 하지 않았고 아이도 없지만 산바라지를 한 적이 있긴 하다. 지금은 이 세상에 없지만, 다름 아닌 나의 첫 고양이 '시로'의 산바라지. 그때 처음으로 고양이 새끼를 받았다. 혹시나 하는 마음에 시로에게 미역국을 조금 줘봤는데… 어라, 시로가 미역국을 먹는 게 아닌가! 아마도 뭐든 먹어야

했기에 먹었을 거 같긴 한데 고양이 산모도 미역국을 다 먹는 구나! 하며 미역이란 무엇인가, 신기해했다.

굴전

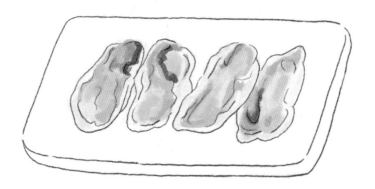

1   굴에 밀가루, 달걀을 묻혀 기름에 부친다.

쌀쌀한 계절이 오면 드디어 굴을 먹을 수 있다. 어릴 적 혐오 식품에서 애정하는 식품으로 바뀐 가장 대표적인 것이 바로 이 굴이다. 찬바람이 불기 시작하면 평소에 잘 들르지 않던 마트의 생선 파는 코너를 들여다본다. 혹시 신선한 굴이 나와 있나 확인해보기 위해서다. 어떤 날, 신선한데다 가격도 착한 굴을 만나면 신이 나서 구입한다. 뭐든 날것을 잘 안 먹는 편이지만 신선한 굴만은 사오자마자 몇 알을 봉지에서 바로 입으로 집어넣는다. 흠… 바다의 향기(가 정확히 뭔지도 모르면서)라고 그냥 자동반사적으로 감탄한다. 생으로 먹고 남은 굴은 굴전을 만들어 먹는다. 당연히 굴튀김도 좋아한다. 튀김은 신발을 튀겨도 맛있다고 하는데 굴을 기름에 튀겼으니 오죽 맛이 좋겠는가. 집에서는 튀김을 해 먹기 힘들므로 일본식 음식점에 가면 굴튀김을 시켜 먹는다.

오키나와에서 더 아래쪽에 위치한 미야코지마 섬으로 다이빙 여행을 간 적이 있다. 한 허름한 게스트하우스에서 머물렀는데 그곳은 아침과 저녁밥을 챙겨주는 곳이었다. 우리가 머물렀을 때는 게스트하우스의 손님 중 한국인은 우리밖에 없었다. 나머지는 다 일본인이었다.

오키나와를 비롯해 그 아래 위치한 부속 섬이라 볼 수 있는 곳은 일본 본토에서도 꽤나 먼 곳으로, 일본인들이 휴양지로 많이 좋아하는 곳이라 했다. 소박한 일본식 집밥을 매 아침저녁 얻어먹을 수 있어서 낡고 허름한 그 게스트하우스는 모든 것이 용서가 되는 그런 곳이었다. 매 끼니 커다란 원탁테이블에 모여 같이 식사를 하다 보니, 주인장과 당시 머물던 일본인 숙박객 여러 명과도 함께 이야기를 나눌 수 있게 되었다. 낯을 조금 가리는 것으로 보였던 주인장은 두어 번의 식사를 함께 한 이후, 유일한 외국인 손님인 우리에게 말을 붙여왔다.

"한국에… 굴이 유명한 곳 있지 않니? 토… 뭐라더라?"

"굴이 유명한 곳?"

우리는 서로 얼굴을 바라보며 어디를 말하는 걸까? 하다가 한 친구가 대답했다.

"혹시 통영?" 그러자 주인장은 얼굴이 환해지며 "오! 맞아! 통영! 거기 맞는 거 같아!" 하며 자신이 거기 가서 굴을 먹어봤다고 자랑했다. 이어서 덧붙였다.

"한국 통영 굴은 너무 맛있어! 게다가 가격이 너무 싸서 너무 놀랐어!"

"맞아! 우리나라 굴은 진짜 맛이 좋은데다가 가격이 너무 좋아!"

우리나라 굴에 대한 일본인의 칭찬에 은근 기분이 좋아졌다. 일본 주인장은 추억에 젖은 얼굴로 말했다.

"아… 다시 통영에 가서 통영 굴을 먹고 싶다!"

굴 요리는 정말 세계 어디 가도 비싼 편이다. 그래서인지 실지로 우리에겐 그다지 비싸지 않은 편인데도 굴은 어쩐지 사치스럽게 느껴지는 식재료이다. 어쩌면 한때 잠깐 먹을 수 있는 것이어서일지도.

쌀쌀한 바람이 불기 시작하면 굴 타령을 시작한다. "아… 굴밥! 해 먹어야 하는데!" "아… 굴짬뽕 이제 나왔겠다!" "아… 굴국밥 한번 먹으러 가야 되는데." 굴이 제철일 때 굴을 사다가 굴 미역국을 끓여 먹는다. 그러고도 굴이 남아돌 때 바로 이 굴전이라는 것을 해 먹는다.

더 추워지면 석화를 사다가 정원에서 불을 피워 구워 먹는다. 장갑을 끼고도 "앗 뜨거!" 하면서 힘들게 까고 먹는, 익힌 굴의 맛은 추위와 함께라야 제맛이다. 물론 이런 짓은 혼자서는 절대 하지 않는다. 불을 피우고 하는, 이 모든 귀찮음을 기꺼이 해주는 친구나 가족이 있을 때만 가능하다. 그러니까 혼자서는 굴전이 딱이다. 소박하지만 전을 부치는 수고로움 때문인지 혼자 먹는다고 처량한 마음은 들지 않는다. 끼니를 때우기 위해 대충 있는 거 꺼내 뚝딱 차리는 식탁을 앞에 놓을 때, 처량 맞음을 느낀다. 굴전은 내게 향기롭고 고소하고 기름진 고급 안주이다.

처량하다니! 무슨 소리! 무엇보다 '굴'이잖아!

레몬파스타

1 파스타 면을 소금물에 삶는다.

2 달군 팬에 버터를 넣고 삶은 파스타 면, 레몬즙을 짜서 넣고
  가볍게 볶는다. 가염버터가 아니면 소금으로 간을 한다.

3 접시에 담고 딜과 파르메산(파마산) 치즈를 뿌린다.

명란파스타

1 파스타 면을 소금물에 삶는다.

2 편 마늘과 마른 고추를 올리브오일에 볶다가 삶은
   파스타 면을 넣고(볶은 후 고추는 빼낸다.)

3 적당한 크기로 자른 명란을 넣어 함께 잘 섞으면서 볶는다.

파스타는 이제 대중적으로 손쉽게 해 먹는 요리의 대명사이다. 한국 사람인 내가 집밥으로 파스타를 자주 먹게 된 것은 그 손쉬움 때문이다. 이것은 나만 그런 것은 아니다. 친구들도 그런 듯하다. 어디를 놀러 가도 손쉽게 얻어먹을 수 있는 음식이 파스타이다. 오히려 쌀밥이 주인공인 한식을 얻어먹기란 쉽지 않다. 그만큼 밥과 국과 반찬이 있는 한상차림 한식은 시간과 공이 많이 들어간다.

새삼스레 한식 밥을 얻어먹고 살아온 시절이 있었다니 감회에 젖는다. 가족과 엄마가 있었기에 가능하다. 우리가 아직도 집밥 타령을 해대는 것은 대개 이러한 몇 첩 반상의 한식을 그리워하는 것이다. 그렇지만 이제 그렇게 얻어먹고 지내는 시절은 간 듯하다. 함께 밥을 먹는 사람을 식구라고 하는데, 이제 매 끼니를 함께 먹는 가족을 두고 사는 이는 그다지 많아 보이지 않는다. 여러 가족과 함께 살아도 온 가족이 모여 밥을 먹는 일은 쉽지 않은 일이다. 여러 식구를 위해 밥, 국, 반찬이 냉장고에 준비되어 있고 매 끼니 부엌에서 김이 오르며 각종 요리가 만들어지는 집이 많지 않다.

한 끼 식사로 가장 쉽게 먹을 수 있는 음식은 국수 요리가 많은데, 그중 파스타는 세계적으로 가장 흔하고 손쉬운 친근

한 식사가 아닐 수 없다. 나의 작은 팬트리에도 항상 파스타 면이 종류별로 구비되어 있다. 급히 손님이 왔을 때도 뚝딱 만들기 쉽고 한 끼 때우기로도 편해 혼밥으로 가장 많이 해 먹는 것이 파스타이다. 팬 하나만 있으면 요리가 되고 접시 한 개와 포크 한 개만 꺼내면 상도 차려진다. 그날그날 냉장고에 있는 재료로 해 먹는다. 좋은 올리브오일과 마늘, 소금, 치즈만 있으면 된다. 그럼에도 가끔은 조금 화려한 파스타를 해 먹어볼까. 으흠. 오늘 맥주나 와인과 함께 곁들일 밥 안주로서의 파스타는 어떤 녀석으로 할까나. 그럴 때 내가 조금 화려하게 먹는다고 생각하는 파스타가 레몬파스타, 명란파스타이다. 아니, 이게 뭐가 화려하냐고 하겠지만 레몬과 명란이 나의 냉장고에서 흔한 재료가 아니고 아주 가끔 있는 귀한 녀석들이기 때문이다.

리본과 고무줄파스타

1 두 종류의 파스타 면을 소금물에 삶아 준비한다.

2 올리브오일을 두른 팬에 파스타 면을 넣고 볶다가 소금, 후추로 간을 한다.

뭔가 요리를 해야겠는데 재료가 변변찮아 부실하다고 느낄 때, 맛이 단순하면 재료의 모양과 색깔을 다양하게 구성하여 비단 한 접시의 먹이더라도 풍요로운 기분이 들게 할 수 있다. 리본과 고무줄, 마치 어린 시절 소꿉놀이하듯 한 접시의 먹이를 만들어본다. 그래도 심심하다면 네모난 빵도 준비하고(네모난 모양으로 썬다.) 동그란 오이피클도 준비하여 식탁 위에서 다양한 도형 놀이를 해본다. 엄마가 먹는 걸로 장난치는 거 아니라고 하는 이야기들을 많이 들었겠지만.

"이게 뭐냐? 장난하냐?"

"왜? 예쁘잖아?"

"..."

"흠. 재밌잖아!"

"뭐… 그렇긴 하지."

요리를 할 때 언제나 즐겁게 하기는 어렵겠지만, 요리가 즐겁지 않다면 괴로운 일이다. 외부로부터 즐거운 일이 오길 기다리는 게 아니라 기꺼이 자리를 털고 일어나 적극적으로 만들어가자고 생각하는 편이다. 그래! 요리를 하고 누군가와 함께 맛나게 먹는 일은 즐거운 일이다. 즐거운 분위기를 올려줄 알코올도 함께라면 더 좋겠지. 물론 매일 그렇게 살 수는 없다. 다 귀찮고 지치는 날도 있다. 철퍼덕하고 누워서 가로 생활을 하는 것도 필요하다. 늘 긍정적이고 활기찬 상태로 사는 건 불가능하니까. 그렇게 철퍼덕 누워 있다가도 또 벌떡 하고 일어나 에너지를 파보자. 파다 보면 또 뭔가 나온다. 그렇게 오르락내리락하며 사는 거지, 뭐!

가끔 혼술을 할 때 안줏거리로 아름다운 화집을 펼치기
도 한다. 아름다운 그림을 보는 것만으로도 충만해진다. "와!
세상에 이런! 어떻게 이런 그림이 다 있지? 정말! 정말 좋다!"
그러다가 직업인으로서 질투를 해대기도 한다. 부르르르.

햄버거

1 다진 소고기, 다진 돼지고기, 다진 볶은 양파, 소금,
   후추, 달걀, 빵가루를 넣어 치대며 패티를 만든다.

2 슬라이스한 토마토, 양파, 오이피클, 치즈와 양상추잎을
   준비한다.

3 소스는 취향대로 만든다. 그냥 마요네즈만으로도,
   마요네즈와 케첩을 섞어 넣어도 되고 브라운소스,
   머스터드 등 그 외에 다른 좋아하는 것들을 넣어
   다양한 변형이 가능하다.

4 햄버거 빵 사이에 소스를 뿌리며 1과 2를 다 채워 넣고
   이들을 한입에 왕~(햄버거는 소스를 질질 흘리며 먹어야
   제맛).

한적한 시골에 산 지 오래된 내가 생각하는 도시 음식의 대명사는 햄버거다. 서울로 외출을 하여 지인들을 만나 가볍게 무엇을 먹을까? 하는 때에 "햄버거 먹으러 가자!"고 하면 지인들이 의외라는 얼굴을 한다. 시골에서 텃밭농을 하며 산다는 이미지 때문인 거 같은데, 유기농이니 채식이니 하는 건강식 이미지를 가진 음식들만 챙겨 먹을 거라는 편견을 갖고 있는 듯하다. 그럴 때 나는 말한다. "나 유기농 안 좋아해. 그리고 유기농이란 말 자체를 안 좋아해." 그리고 따지기 시작한다. 나를 잘 아는 친구들은 '아… 이거 이거 이야기가 길어질 거 같다.'는 촉으로 얼른 수습한다. "그래그래, 햄버거 먹으러 가자!"

서울에서 나의 집을 방문할 예정인 친구가 "혹시 뭐 사갈까? 뭐 먹고 싶은 거 있니?"라고 할 때도 햄버거를 사오도록 하는 경우가 종종 있다. 햄버거를 손쉽게 먹을 수 없는 지역에 살다 보니 가끔 먹고 싶을 때가 있다. 요즘은 수제 햄버거집이 많이 생겨 다양하고 맛있는 햄버거를 쉽게 만날 수 있다. 그렇지만 모두 도시에 있다.

이렇게 가끔 생각나는 햄버거를 손쉽게 사 먹을 수 없으니 아주 가끔 만들어 먹는다. 햄버거와 맥주! 더 필요한 건 없다.

귤잼을 곁들인
아스파라거스버섯구이

1 아스파라거스와 버섯을 올리브오일에 굽는다.
2 귤잼을 곁들인다.

귤잼

1 냄비에 껍질을 깐 귤과 설탕을 넣어 점성이 생길 때까지
   끓인다.
2 소독된 용기에 넣어 보관하고 먹는다.

잼으로 말하자면, 사실 가장 좋아하는 잼은 살구잼이다. 살구는 여름 한철 잠깐 나오기 때문에 그 시기를 놓치면 사 먹을 수 없는 과실이다. 그래서인가. 이제 살구는 잼을 만들어 먹을 만큼 흔한 과일은 아니라고 느껴진다(잼이란 무엇인가? 장아찌류와 마찬가지로 과실이 넘치는 시기에 버리기 아까워 보관해 두고 먹으려고 만드는 저장 음식이 아니던가).

정원 서쪽 편에 살구나무가 있다. 이 한 그루의 살구나무는 심은 지 10년 정도가 되었고, 키가 많이 자라 정원의 한 부분을 크게 차지하고 있다. 그렇지만 어찌된 일일까? 매 이른 봄, 꽃이 피어남에도 불구하고 살구 열매를 만나본 적이 없다. 살구가 달리지 않는다. 이상한 일이다. 꽃을 피우지만 열매는 맺고 싶지 않은가 보다. 나는 살구나무를 바라보며 생각한다.

'너? 오래 살고 싶은 거니?'

보통 열매를 맺는 과실수는 다른 나무들에 비해 오래 살지 못한다고 한다. 사과나무 농장에서 스무 살 정도가 넘은 나무는 이미 늙은 나무 취급을 받는다고. 오래 사는 걸로 유명한 나무들은 대부분 크고 화려한 과실을 맺지 않는 것들이다. 우리에게 그리고 다른 생명체들에게 먹이가 되는 열매를 내어주는 나무들은 매해 생산해내느라 그 삶이 너무 고단해서일까, 수명이 상대적으로 짧다. 열매를 맺지 않는 나의 살구나무

는 나의 고양이 '씽씽'과 '이마'가 함께하고 있다. 그러므로 나에게는 무조건 소중하다. 살구나무에게 말하곤 한다.

"열매를 맺지 않아도 괜찮아!"

그리하여 나의 정원엔 살구나무가 있지만 매 여름이 오면 나는 "아! 살구! 살구 사러 가야 해!"라며 허둥지둥한다. 살구잼은 만들어놓고 한 해 내내 아껴 먹는다.

뭐지? 이 장의 주인공은 귤잼인데… 지금부터는 귤잼 이야기.

귤잼을 만들게 되고 귤에 대해 특별한 감정을 갖게 된 것은 제주도 때문이다. 제주도에서 어느 정도 머물게 되면 귤나무와 귤꽃에 감동하게 된다. 귤나무가 없는 제주는 제주가 아닌 것이고, 귤꽃이 피는 4~5월은 그야말로 천국의 향기란 이런 것일까? 지천에 퍼지는 귤꽃 향기로 저절로 행복해지는 시절이다. 그만큼 제주에선 귤이 흔하다. 여러 해, 서귀포를 오가며 지내다 보니, 나도 다른 제주도민과 마찬가지로 귤의 귀함을 느낄 수 없는 지경이 되었다. 제주에선 사람들이 귤을 발로 차고 다닌다는 말이 있다. 그러한 관계로 사실 이곳에선 귤잼조차도 인기가 없다. 슬프지만 뭐든 귀해야 대접을 받는다.

귤이 흔한 시절, 방치되어 말라가고 있는 귤로 귤잼을 만든다. 더 이상 먹고 싶지 않은 모양으로 쭈글거리는 귤이 아까워 만들어봤는데 어라! 수분이 많은 신선한 귤로 한 것보다 더 맛나다.

크기가 그리 크지 않지만 없는 거 빼고 다 있는 나의 밭에는 아스파라거스도 있다. 마트에 가면 몇 가닥 안 들어 있는 아스파라거스는 몸값이 비싼 느낌이어서 손이 잘 가지 않는다. 게다가 자주 먹기엔 낯선 채소이기도 하다. 밥반찬으로는 아스파라거스를 먹어본 적이 없다. 채소치고는 자기주장이 강한 편이라고나 할까. 여하튼 아스파라거스는 내심 귀한 식자재로 자리 잡았는데, 오래전 방문한 한 화가 선생님의 정원에서 아스파라거스가 자라고 있는 것을 보게 되었다. "오! 이게 아스파라거스로구나!" 아스파라거스밭을 보는 순간 아! 나도 따라 심고 싶어졌다. 그러던 와중에 마을 배드민턴 클럽 회원 중 한 젊은 농부가 아스파라거스 농사를 짓는다는 것을 알게 되었다. 그에게 농장 구경을 청했다.

마을에서 조금 떨어진 인적이 드물어지는 기다란 산골짜기 틈에 커다란 비닐하우스 여러 동이 있는데 그게 바로 그의 아스파라거스 농장이었다. 그는 거의 혼자서 아스파라거스를 키우고 있는 것 같았다. 도움을 주고 있는 것으로 보이는 것은 농장 지킴이로 보이는 잘생긴 커다란 개 한 마리뿐이었다. 차를 보자마자 개는 나를 향해 짖었지만 농부가 나와 저지를 하자 금방 짖는 것을 멈췄다. 동물을 무조건 좋아하는 나는 차에서 내려 개를 향해 호감을 표시했다. 영리한 개인지 아니면 내가 싫지는 않았는지, 낯선 내게도 금방 꼬리를 흔들어 보였다.

"음. 너 정말 잘생겼구나!"

나를 마중 나온 농부는 어쩐지 쑥스러워했다. 나는 그가 어떤 식으로든 부담을 갖지 않길 바랐다. 나의 방문이 그에게 민폐가 되지 않기를 바랐다. 이런 일이 낯선 일이겠지 싶어, 얼른 그에게 말했다.

"혹시 오늘 할 일 뭐예요? 제가 할 수 있는 일을 알려주시면 좀 도울게요."

"예? 하하, 아니에요. 뭐 구경 오셨다면서요? 일은….."

"아니에요. 저 일을 좀 해봐야, 그러니까 체험? 나왔다고 생각하심 될 거 같아요."

"아고… 아닙니다요."

"진짜예요. 뭐든 도울게요. 하지만 오래 하진 못하고요, 한 시간만 할게요."

그제야 그는 내게 오늘 아스파라거스 수확을 하는데 할 수 있겠냐, 물었다. 나는 무조건 하겠다, 방법만 알려달라고 했다. 과일 수확용 가위로 땅 위로 솟아오른 통통한 아스파라거스를 커팅하는 게 그 일이었다. 우리가 먹는 아스파라거스는 땅 위에 올라온 적당한 크기의 새순이었다.

한 뿌리의 아스파라거스에서 여러 새순이 올라오게 되는

데 그중 아주 실하게 큰 녀석 서너 개의 줄기는 그대로 놔두고 나머지 새순 중 일정한 굵기의 새순을 잘라낸다. 남겨둔 서너 줄기는 이 녀석들이 계속 커나가는 역할을 하는 것인가 보다.

생각보다 힘든 것은 쭈그린 자세로 아스파라거스 숲 사이를 기어다니며 작업을 해야 하는 거였다. 몇 분 지나지 않아 바로 "아구구, 내 관절!" 하며 우는 소리가 저절로 흘러나왔다. 무더운 비닐하우스 안에서 아스파라거스 숲 아래 땅을 기어다니기 시작한 지 얼마 되지 않아 땀이 마구 쏟아졌다. 아스파라거스 수확 철엔 이렇게 매일 올라오는 새순을 인간이 기어다니며 잘라내어 수확을 하는 일을 반복한다고. 정말 언제나 느끼지만 쉬운 일이 하나도 없는 농업이다.

내가 한 시간 정도 수확한 양은 바구니 하나 정도였다. 후아, 더 이상은 힘들기도 하고 다른 일도 있어서 오늘 체험 학습을 스스로 종료하겠다 했더니 농부는 내게 의외로 일을 잘한다며 수확한 아스파라거스를 싸주려고 했다. 나는 그러려고 온 게 아니라고 손사래를 쳤다. 아스파라거스에 대해 많이 알려주어 고맙다고 하고 농장을 나왔다. 과묵한 편인 농부는 수선스러운 나를 이상한 사람이라고 보는 것 같았지만, 나에게는 진짜 그날 공부가 많이 되었다.

농촌에 산다는 이유로 여러 농부들에게 많은 것을 배웠다.

항상 느끼지만 책으로 배우는 것과는 차원이 다르다. 나는 정말 '아스파라거스 숲'이 이렇게 아름다운 줄 그때 처음 알았다. 알고 보니, 새순은 우리가 먹지만 다 큰 아스파라거스는 화훼 재료로 쓰이는 것이었다.

얼마 뒤 아스파라거스 농부는 내게 아스파라거스는 지금이 파종 시기이고 파종 씨는 구하기 힘들다며 씨를 줄 테니 농장으로 오라고 연락을 해왔다. 그는 두툼한 손으로 작고 작은 씨를 한 알 한 알 흙을 채운 모종판에 심어주었다. "아스파라거스 기르고 싶어 하셨잖아요. 이 씨로 기르면 튼실한 아스파라거스가 될 겁니다."라고 말하며 모종이 적당히 크면 땅에 본식을 하라고 일러주었다.

농부들이 약간 지쳐 있는 지점이 그들의 농작물을 너무 쉽게 얻어먹을 수 있다고 생각하는 무수히 많은 이웃들이라는 것을 나는 잘 알고 있다. 그래서 그의 소중한 아스파라거스를 얻어 오지 않은 것인데 그는 그런 내가 이상하고도 고마웠나 보다. 나는 후에 더 큰 것을 받게 되었다.

이후 나의 밭에서는 아스파라거스가 한 자리를 차지하고 있다. 매해 봄이 오면 몇 개 안 되지만, 그리고 튼실하진 못하지만 아스파라거스가 새순을 올린다. 충분히 얻어먹고 있진 못하지만 충분히 만족하고 있다. 시기를 놓쳐 커버린 아스파

라거스는 나의 정원의 한 부분을 작은 컴포즈그린색으로 메워준다. 이것들은 너무 아름다운 작은 숲이 되어준다.

매해 소량 수확할 수밖에 없는 나의 가든 아스파라거스는 주로 안주로 먹는다. 제주산 귤잼을 곁들인 아스파라거스구이는 양평과 서귀포의 인연을 느끼게 해주는, 내겐 나름 특별한 의미를 주는 음식이랄 수 있다. 아스파라거스와 귤잼의 조화는 양평과 서귀포를 오가며 살고 있는 지금의 나의 개인적 상황을 말해주는 것 같기도 하다. 여자와 집이 두 개면 영혼이 망가진다는 말도 있던데… 제주의 바다를 자주 오가며 지내고 싶다는 욕망이 두 집 살림의 어려움을 이겨내게 했다. 그렇지만 곧 영혼이 어수선하게 망가질지도 모른다는 두려움에 떨고 있기는 하다.

모듬전

1 모든 재료를 부치기 편하게 납작하게 썰어 준비한다.
2 부침가루에 물을 섞어 묽은 반죽을 만들고 1의 재료에
  입힌다.
3 기름을 두른 팬에 부친다.
4 신나는 음악을 튼다. 집에 있는 술과 함께 먹는다.

아무 날도 아니지만 아무 날도 아닌 날 전을 만든다. 한 종류의
전만을 부치면 아무 날이 아닌 날의 전이 되므로 여러 종류의 전을
만든다. 그럼 아무 날이 아닌 날이 특별한 날이 된다. 버섯, 양파,
감자, 두부, 고구마, 연근, 고추, 당근, 가지 등 냉장고에 있는 거의
모든 재료들은 전의 재료가 될 수 있다. 너희들! 오늘은 다 전으로
만들어주겠다.

이쯤 되면 모두 아시겠지만, 나는 사실 화려하게 음식을 차리는 것을 별로 좋아하지 않는 편이다. 어쩌면 '화려하다'라는 말을 별로 좋아하지 않는다. 화려한 것은 어쩐지 부담스럽다. 뭔가 넘칠 때 그것을 아마도 화려한 것이라 부르는 것일지도. 굳이 이 책에서 '화려하다'는 말을 가져다가 쓰고 있는 건 이런 맥락 때문일지도 모르겠다. 늘 화려할 수는 없으므로 아주 가끔만 화려하자.

화려하게 사는 것처럼 보이는 사람을 볼 때마다 저이는 너무 힘들겠다는 생각을 하곤 한다. 화려하게 사는 사람이 누구냐고 묻는다면 매일매일 많은 에너지를 쓰는 사람, 마치 자신이 가진 에너지를 오늘 다 쓰고야 말겠다고 의지를 보이며 실천하고 사는 사람이라고 하겠다. '저 에너지를 쓰려면 또 틈틈이 많이 쌓아둬야 할 텐데… 언제 그걸 하는 걸까?' 하며 아무도 시키지도 않은 걱정을 하게 된다. 생각만으로도 부대낀다. 그런데 누군가는 나를 그런 사람으로 볼 것 같다. 종종 이런 얘기를 듣곤 했으니까.

"작가님, 이 많은 일을 언제 다 하세요?"
"작가님, 언제 일어나시고 언제 주무세요?"
"작가님, 일은 언제 하시고 운동은 또 언제 하세요?"

생각해보면, 나야말로 화려하게 사는 인간일지도 모른다.
켁. 아… 부대낀다.

공심채볶음

1 공심채를 적당한 크기로 썬다.
2 기름을 두른 팬에 마늘, 공심채, 피쉬소스를 넣어
   숨이 죽을 정도로만 후다닥 볶는다.

공심채는 좀 비슷하게 여겨지는 미나리와는 달리 향이 거의
없지만 아삭하면서 질깃한 식감이 좋다. 피쉬소스를 넣어
불맛이 나게 볶은 공심채볶음은 맛이 좋다. 태국이나 베트남 등
동남아 여행을 할 때 그린파파야로 만든 솜땀과 이 공심채볶음은
내게는 맛있고 귀한 채식 음식으로 느껴져 내내 찾아 먹었다.

공심채는 키우기 쉬운 편이라고 해서 씨앗을 사다가 밭에 심었다. 오, 정말 그냥 무탈하게 자라난다. 하지만 너무 빨리 자란다. 먹을 새도 없이 키가 훌쩍 커버린다. 너무 키가 커버린 공심채는 질겨진다. 그래서 아주 조금만 심는다. 적당한 키일 때 잘라 요리를 해야 맛이 좋다.

이 단순한 채소볶음은 상당히 맛이 좋다. 왜 그럴까? 그리고 다른 어떤 것과 같이 먹어도 잘 어울리는 편이다. 이런 친구들이 있다. 어디에나 껴도 되는. 그러면서도 매력이 있는. 길에서 사 먹어도 레스토랑에서 사 먹어도 다 괜찮다. 싸구려 스테인리스 접시에 놓아도 고결한 도예가의 볼에 놓아도 다 어울린다.

그 생김이 마치 공심채처럼 보이지만 알고 보면 매우 다른 녀석이 미나리이다. 미나리는 공심채처럼 볶아 먹지 않는다. 데쳐서 무쳐 먹는다. 요리법이 단순한 건 마찬가지겠지만 볶음과 데침은 다른 요리법이고 색과 모양이 비슷할 뿐, 그 성질이 다르게 느껴진다. 미나리는 향을 먹는 것이라고 하겠다. 미나리는 다른 식물에게선 만날 수 없는 특유의 향이 있다. 그래서 향이 있는 것들이 그렇듯 호불호가 있다. 데치면 향이 좀 줄어든다. 나는 데친 정도의 향을 좋아하는 편이라 데쳐 먹는다.

미나리무침

1   미나리를 자르고 씻는다.
2   소금을 넣은 끓는 물에 데친다.
3   데친 미나리를 물기를 꼭 짠 후 참기름, 국간장,
    오미자효소를 넣고 무친다.

나의 밭 한 귀퉁이를 미나리가 차지하고 있다. 언젠가 몇 뿌리를 얻어 심었는데 월동이 될 뿐만 아니라 계속 자리를 잡고 영역을 넓혀가고 있다. 마트에서 파는 미나리는 대체로 논미나리라고 하여 보통 수경 재배를 하기에 키가 크고 식감이 부드럽다. 나의 집 미나리는 산미나리쯤 되겠다. 키가 작고 금방 억세어진다. 미나리는 특별한 관리가 필요가 없다. 자주 물만 주면 된다. 한번 심어놓으면 추워지는 계절이 오기 전까지 계속 잘라서 먹을 수 있다. 이른 봄에 잊고 있다가 보면 어! 하고 미나리 새싹이 올라온다. 연할 때 미나리를 주로 먹는다. 여름이 지나서 억세어지기 시작하면 미나리 철은 끝난 것이라고 봐야 한다.

이른 봄 한두 번 잘라다가 해 먹는 미나리무침, 그 생생한 색깔과 식감은 봄의 행복을 가져다준다. 미나리가 날 때 미나리가 주인공인 무침, 전 등 최선을 다해 미나리를 먹고자 한다. 참, 미나리를 넣은 김밥도 맛이 좋다.

미나리무침을 술안주로 먹을 땐 정말 마음이 정갈해지는 느낌이다. 혼자서 먹더라도 아름답고 작은 볼에 미나리무침 한 줌을 올린다. 그리고 술을 한 잔 따르며, "아… 한 잔 하실까요? 허허." 하면서 조신하게 말이다.

새우튀김과 감자칩

1   웍에 기름을 부어 온도를 올린다.

2   새우에 튀김옷을 입혀 튀긴다. 타르타르소스에 찍어 먹는다.

3   감자를 최대한 얇게 썬 뒤 튀긴다. 소금을 살짝 뿌려 먹는다.

말해 뭐 하겠나. 튀김은 진리. 특히 새우튀김은 내게 화려한 음식의 대명사이다. 덮밥 위에 커다란 새우튀김 하나만 올려져 있어도 아… 충분히! 충분하다는 느낌을 받곤 한다.

새우튀김은 그런 것이다. 집에서 튀김을 하긴 무척 귀찮은 관계로, 또 새우튀김 정도는 곳곳에서 쉽게 구입할 수 있어 새우튀김은 이제 너무 손쉽게 먹을 수 있다. 그렇지만 아주 가끔 큰맘 먹고 웍을 꺼내 기름을 붓고 새우튀김을 집에서 할 때도 있다. 물론 튀김도 집 튀김이 가장 맛이 좋다. 손님이 오기로 되어 있을 때도 가끔 튀김을 하지만 한창 전시 준비를 하거나 책을 쓰거나 일에 치여 문득 '나'님이 수고가 너무 많다고 느끼는 날, 튀김을 한다. 사 먹어도 되지만 굳이 기름을 꺼내어 웍에 기름을 붓는다. 그러고 나서 바로 다시 생각한다. 튀김은 되도록 사 먹는 걸로(이 남은 기름을 어쩔 겨?).

기름을 부은 김에 한 가지만 튀기기는 너무 아까우므로 여러 가지를 튀겨본다.

새우튀김은 옷을 만들어야 하는 고충이 있으니 더더욱 새우튀김은 사 먹는 걸로(차선은 튀김옷을 입혀 냉동한 것을 구매한다). 하지만 튀김옷 없이 튀기는 프렌치프라이드포테이토는 나의 애정 안주 중 하나다. 감자를 얇게 썰어 튀기는 포테이토 칩도 생각보다 맛이 좋다.

찍어 먹을 타르타르소스도 공들여 만든다. 시원한 맥주 한 잔과 함께 하면… 아, 맛있고 살찐다.

나는 살은 찌더라도 배가 나오는 류의 인간이 아니라고 생각하며 오십 평생을 지내왔다. 그런데 어느 날 어… 맙소사. 착각이었다. 배가 나온 것이다. 아랫배만이 아니라 윗배도 나왔다. 그러니까 허리둘레가 두꺼워진 것이다. 당연히 옷의 사이즈가 바뀌게 되었다.

비슷한 나이대의 같은 고민을 가진 친구들과 의견을 나누며 내린 결과, 원인은 갱년기 때문이라고. 50대 전후에 보통 갱년기라 칭하는 시기가 도래하는데 이때 육체적 정신적 사회적 변화가 생긴다. 물론 그렇지 않은 사람들도 있겠지만 보통은 젊음이 수그러드는 이 시기를 느끼지 않고 지나갈 수는 없는 모양이다. 그래서 무엇인가 안 좋은 쪽으로의 변화를 느낄 때 이것은 갱년기 때문이라고 퉁치면, 뭔가 더 심각한 원인을 찾아야 하는 고민에서 벗어날 수 있는, 어쩌면 좋은 구실이 된다. 뭐, 어쨌든 이런 식의 고민에 당도했다면 갱년기다. 사춘기를 이기는 게 갱년기라고 하던데… 뭔가 혼돈의 시기가 사춘기라면 이런 좌절의 시기가 갱년기가 아닐는지.

젊을 때와는 다르게 칼로리가 높거나 기름진 것을 먹으면 갱년기...

그대로 살로 간다. 아⋯놔, 정말 나 많이 안 먹는데 왜 이렇게 살이 찌는 걸까. 이런 얘기를 입에 달고 살게 된다.

　나이가 들어서 젊을 때처럼 매끈한 몸을 원하는 것은 어쩌면 자연스럽지 못한 일일 것이다. 늙는다는 건 시드는 것이다. 하지만 우리는 늙어본 적은 없고 젊어본 적만 있으므로 늙는 것이 낯설고 억울하다.

　나온 배의 가장 큰 원인은 아마도 술일 것이다. 친구들이 그럴 것이라고 이야기해준다. 스스로 자꾸 판단을 유보하니 주변에서 잔혹하게 알려준다.

　나잇살이 든다고 여겨지는 십여 년 전부터 나는 끊임없이 운동을 하고 있는 편이다. 배드민턴, 요가, 수영 그리고 나이가 들수록 근육 운동이 필요하다는 지인들의 조언에 따라 최근에는 웨이트를 시작했다. "나는 술을 마시기 위해 운동을 한다."라고 지나치게! 말하고 싶다. "운동을 하니 술은 좀 마셔도 되지 않나요?"라고 허공에 대고 질문을 해본다. 아⋯ 대답이 없네.

스콘

1   체친 밀가루, 소금, 설탕, 베이킹파우더에
    잘게 부순 버터를 넣는다.
2   1에 달걀, 우유를 넣고 반죽하여 덩어리로 만든 후,
    냉장고에서 잠시 휴지시킨다.
3   숙성된 반죽을 꺼내어 적당한 크기로 잘라 오븐에 굽는다.
4   위의 기본 스콘에 호두를 넣어 호두 스콘을 만들어 먹곤
    하는데 맛이 좋다.

급히 빵이 먹고 싶거나 갑자기 차를 마시러 손님이 온다고
했을 때, 스콘을 굽는다. 스콘은 발효 시간이 필요가 없어서
다른 빵에 비해 빨리 만들어 먹을 수 있다. 빵! 밀가루!
완전 급히 필요해! 그럴 때 만든다.

집에 돌아와 가방을 던지고 코트를 벗고 "아… 씻기도 귀찮구나!" 하며 거리에서 지친 육신을 달래려 냉장고에서 맥주 한 캔을 꺼낸다. 크아… 시원하다. 그래 이 맛이지, 뭐. 두세 모금쯤 마시고 나면 음… 뭔가 함께 먹을 것을 뒤적이게 된다. 오! 엊그제 만들어놓은 스콘이 남아 있다니!

좀 더 버터향이 강하게 나는 차게 식은 스콘을 좋아한다. 스콘 한 덩이와 맥주 한 잔. 음식을 차려 먹기 귀찮은 저녁, 밥을 안 차려 먹어도 충분하다. 그런데 내가 이런 이야기를 하면 화를 내는 지인들이 있다. 먹는 것을 좋아하고 또 많이 먹는 편인 대식가들이 그들이다. 그들은 내가 이렇게 한두 개 정도의 먹이를 먹고 충분하다는 식으로 표현하는 것을 몹시 못마땅하게 여긴다.

"아니, 세상에! 이게 밥이란 말이오? 용납 못합니다!"

"밥은 따로, 술도 따로, 간식도 따로지요. 이건 오로지 간식일 뿐입니다."

"국이 없이는 한 끼를 제대로 차렸다고 보기 어렵습니다."

"이 따위 몇 개의 음식을 놓고 화려하다는 수식을 쓴다니! 말도 아니 됩니다."(근데 웬 사극 톤. 어쩐지 그들은 내게 사극 톤으로 호소하고 있는 듯한 느낌이랄까.)

"작가님처럼 먹는 것은 새 모이에 다름 아닙니다."(그런데 여러분들이 잘 모르시는데 새들이 엄청나게 많이 먹습니다.)

이렇게 이야기를 하는 친구들에겐 나는 할 말이 없다. 식습관이 극단적으로 다르면, 자주 만나 행복하게 밥을 먹을 수는 없는 일이라고 생각한다. 행복하게 먹는 일은 비슷하게 먹는 사람끼리 가능하다. 그렇다고 서로에게 강요는 안 될 일이다. 각자 다 다르게 생겼으니 다 다르게 추구하며 사는 것을 두고 뭐라고 해서야 쓰겠나. 서로에 대한 이해와 존중은 식탁에서도 술상에서도 필요하다.

나는 개인적으로 스콘을 좋아해서 스콘 맛집을 챙기는 편이다. 수많은 스콘 맛집들을 다녀봤지만 집에서 간단하게 만든 나의 스콘이 가장 맛나다. 이것은 조금은 과장이긴 하지만 거짓말이 아니다. 집에서 만들어서이다. 내 입맛에 맞게 만들어서이다. 가장 기본적인 밀가루와 버터 맛을 느끼기에 '집 스콘'만 한 게 없다.

빵순이들 중 밀가루와 버터 맛을 느끼기 위해 빵을 찾는 이들이 있다. 그게 바로 나다. 케이크나 과자류보다는 담백한 빵을 더 좋아한다. 하지만 스콘은 빵과 과자 사이 어딘가에 있는 녀석이다. 더 달달하거나 더 고소하게 만든 스콘들이 많지만 나는 밀가루와 버터의 심플한 맛의 스콘을 좋아한다. 딱딱한 스콘을 쪼개 그 부스러기들을 안주로 주워 먹는 것을 좋아한다. 하지만 한 번에 한 개 이상은 먹지 않으려 한다. 으흠. 제과를 해보면 아는데, 정말 엄청난 양의 버터나 설탕 등을 한번에 먹게 되는 것이니 조심해야 한다.

스콘은 새들도 좋아하는 걸로 보인다. 겨울철에만 장사를 하는 나의 정원 버드피더에 견과류(주종은 해바라기씨) 말고도 먹다 남은 스콘을 줘봤는데 잘 먹는다. 산야에 먹을 게 별로 없어지는 겨울철에 버터 향이 가득 나는 스콘 맛을 보니 녀석들, 신나기도 하겠지. 새들은 네 발 달린 짐승들에 비해 어쩐지 얄미운 구석이 있지만, 나 먹을 것도 좀 부족하지만 흠흠… 남겨줘야지 한다.

노석미

홍익대학교에서 회화를 전공했다. 산이 보이는 작은 정원이 딸린 집에서
텃밭을 일구며 화가와 작가로 활동하고 있다. 펴낸 책으로는『냐옹이』
『그린다는 것』『지렁이빵』『좋아해』『나는 고양이』『매우 초록』
『굿모닝 해님』『귀여워』『바다의 앞모습』『신선하고 뾰족한 가지』등이 있다.

instrgram.com/nohseokmee
blog.naver.com/nohseokmee

안주는 화려하게

2025년 6월 5일 1판 1쇄

지은이 노석미
편집 김진, 백승윤, 박지현, 송예진 디자인 이은하
제작 박흥기 마케팅 이장열, 김지원 홍보 조민희
인쇄 (주)로얄프로세스 제책 책다움

펴낸이 강맑실 펴낸곳 (주)사계절출판사 등록 제 406-2003-034호
주소 (우)10881 경기도 파주시 회동길 252 전화 031) 955-8588
전송 마케팅부 031) 955-8595 편집부 031) 955-8596
홈페이지 www.sakyejul.net 전자우편 picturebook@sakyejul.com
블로그 blog.naver.com/skjmail 인스타그램 sakyejul_picturebook